迷えるジュエリーデザイナー

水上ルイ

幻冬舎ルチル文庫

CONTENTS 目次

迷えるジュエリーデザイナー

カバーデザイン＝高津深春（CoCo.Design）
ブックデザイン＝まるか工房

イラスト・吹山りこ✦

迷えるジュエリーデザイナー

AKIYA・1

「……幸せって、こういう気持ちのことを言うのかなあ……」

ため息をつきながら、僕は呟《つぶや》く。

湾岸の超一等地、彼のマンションの部屋からは、広がる東京湾の夜景が一望できる。

青緑色のライトをゆっくりと瞬《またた》かせる、繊細《せんさい》な光のオブジェみたいなレインボーブリッジ。

春の夜空には、うっすらとした星と満月。月明かりだけが、この部屋を密《ひそ》やかに照らしている。

吹き抜け天井までの巨大な窓。ここから外を見ていると、夜の空気の中に浮かんでるみたい。

身体《からだ》を包んでるのは、彼と色違いのブラウンの、とっても肌触りのいいバスローブ。

僕がいるのは、彼の広い広い部屋のロフト部分にあるベッドルーム。

キングサイズのベッドの脇、二人分のスーツが、重なり合って脱ぎ捨てられている。

僕はそれに気づき、赤面しながらベッドから下り、慌《あわ》てて拾い上げる。

部屋の玄関に入ったとたん、彼は、待ちきれない、と言うように僕を抱き上げた。リビングを通り抜け、パンチングメタルの階段を軽々と上り、僕をベッドに押し倒し……。

身体の芯《しん》が、ツキンと甘く疼《うず》く。

……そのまま、夢の中にいるみたいに素敵な……一回。

彼は、そのまま当然のごとく二回目に突入しようとしたけど、僕は、お風呂に入りたい、って止めて。一緒に入るに決まっているだろう？　って顔の雅樹《まさき》をなんとか撃退して。

……だって、一緒に入ったら……お風呂の中で、我慢できるわけがないんだから……。

僕は、さらに真っ赤になりながら、二人分のスーツを作り付けのクロゼットの中のハンガーに掛ける。そこには雅樹の、洗練された上等なスーツがズラリと並んでる。その横に空《あ》けてあるスペースに、僕の替えのスーツが一着。それに棚《たな》にも僕のワイシャツが何枚か。

……んもう。こんなにスペース取ってくれなくてもいいのに……。

彼は、毎日来ていいよ、ってしょっちゅう言う。だからスーツも全部持ってくれば？　って。

だけど、一緒に住んだりしたら、毎晩、彼に押し倒されそうだし……。

毎朝、ヘロヘロになって出勤することになりそうな予感がするし……。

僕はクロゼットの扉を閉めながら、

「……まったくう！　毎晩アンナコトしたら、オカシクなっちゃうってば！」

呟きながらも、なんだか胸が熱くなる。

「……篠原《しのはら》くん！」

低い美声に呼びかけられ、スタンドを点《つ》けて雑誌を読んでいた僕はビクンと飛び上がる。

見上げると、ブルーのバスローブを羽織《はお》った、濡《ぬ》れた髪の、すごいハンサムが立っている。

陽《ひ》に灼《や》けて引き締まった頬《ほお》。高い鼻梁《びりょう》。精悍《せいかん》な奥二重《おくぶたえ》と、黒曜石《こくようせき》みたいに光る瞳《ひとみ》。

襟元《えりもと》から覗《のぞ》くしっかりした鎖骨《さこつ》と、筋肉質の逞《たくま》しい胸に、僕の鼓動が速くなる。

彼の手には、ホットレモネードが満たされたグラスが、微《かす》かに湯気を立てている。

「……のどは大丈夫？」

グラスを差し出しながら、彼がすごくセクシーな顔で笑う。

「……ありがとうございます。大丈夫です」

グラスを受け取りながら、僕は赤面してしまう。

彼に抱かれると、僕はどうしようもないほど喘《あえ》がされ……もともと弱い僕ののどは、すぐにかれてしまう。

初めての時、のどが痛くなった僕は、「ホットレモネードが飲みたい」ってリクエストした。

それ以来、アンナコトをした後にはホットレモネード、っていうのが定番になっているんだ。

僕は、あったかくて美味《おい》しいはちみつ入りのレモネードを飲みながら、また赤面する。

彼の鋭い美意識で作られた、シンプルで、超・格好いいこの部屋。

大理石の床と、打ちっぱなしのコンクリートの壁と、高い高い吹き抜け。

彼は、余計なものは一切部屋に置こうとしない。……と思ってたんだけど。

僕のために、彼はフィリップ・スタルクのレモン絞《しぼ》りと、アレッシイのステンレスボウルを買った。

そして、そこにいつでもレモンを山のようにキープしてある。

『腐《くさ》る前にこれを使い切るくらい、しよう』って誘われてるみたいで、キッチンにあるそれを見るたびに、僕は照れてしまう。

……まったく！　あなたのせいで……、
読みかけの雑誌のページをめくりながら、僕は心の中でぼやく。

……最近じゃ、スーパーでレモンが山積みになってるのを見ただけで、照れちゃうんだからね！

「晶也《あきや》」

ベッドの隣に座った彼が、笑いながら僕を引き寄せる。

「ベッドの上でしらんぷりされると、少し妬《や》ける。そんなに面白い記事？」

「面白いですよ！」

僕は赤面してしまいながら彼の腕をすり抜け、雑誌のページを指差して、

「これ、今日発売の『最新建築』。読みました？」

「いや。そんなことより……さっきの続きをしよう。これは、あとでまた」

セクシーな声で囁《ささや》き、僕の手からグラスを取り上げる。押し倒されそうになった僕は、慌てて、

「待って、待って！　あなたのお父さん、黒川圭吾《くろかわけいご》さんのインタビュー記事ですよ！」

雅樹の眉間《みけん》に、深いシワが刻《きざ》まれる。開きっぱなしのページに目を走らせ、

「それなら、なおさら読みたくないな」

「なんでですか？　大きなプロジェクトが終わったらしいし。あなたのお父さん、すごいですね」

僕は、憧《あこが》れのため息をつく。

彼のお父さん、黒川圭吾さんは日本人建築家の中では……いや、世界中でも五本の指に入るくらいの活躍中の建築家。日本でも斬新《ざんしん》で格好いい建築物をいくつも建てているし、建築デザインに興味のある人なら誰でも知っているだろうという、有名人。そのうえ、写真で見る彼は、雅樹によく似た超・美形。見つめられたらドキドキしそうな、黒い瞳。艶々《つやつや》の黒髪の雅樹と違うのは、そのメッシュみたいに入ってる、銀髪っぽい白髪まじりの髪。記事によ

ると四十八歳みたいだけど、今でもモデルさんで食べていけそうな……ものすごいハンサムだ。

「あなたのデザインセンスがズバ抜けているのも、うなずける気がします。こんな人の息子さんなんですもんねー。ねえ雅樹、あなたのお父さんって普段はどんな感じの……」

僕の唇に、雅樹がその美しい人さし指をそっと当てる。僕は驚いて言葉を途切れさせる。

雅樹は、僕が見ていた雑誌を取り上げ、それをサイドテーブルにどけて、

「……晶也。言っただろう？　ベッドの中で、ほかの男の話はしないこと」

黒い瞳。セクシーなまなざしでまっすぐ見つめられ、僕はもう抵抗できない。

「……目を閉じて……」

思わずそのとおりにしてしまった僕の唇に、彼がため息で、

「……晶也……愛してるよ……」

ふわ、と芳《かぐわ》しい彼の香りがする。

爽《さわ》やかで、甘くて、でも少しだけ苦い、オレンジに近い柑橘《かんきつ》系。

それを感じるだけで、僕の体温が少し上がってしまう。

「……雅樹……ん……」

彼のあたたかい唇が、唇にそっと重なってくる。それだけで、身体の芯が甘く熔《と》けてしまう。

「……晶也……愛してるよ……君は……？」

「……僕も愛してます、雅樹……ああ……ん……」

彼のしなやかな指が、僕のバスローブの中に忍び込む。

僕は、さっきよりずっとずっと幸せなキモチに満たされながら、二人だけの世界に満ちていく。


僕の名前は、篠原晶也。二十四歳。

イタリア系宝飾品会社、ガヴァエッリのデザイナー室でジュエリーデザイナーをしている。

彼の名前は、黒川雅樹。二十八歳。

僕の上司で、デザイナー室のチーフをしている。

彼のセンスは抜群で、大きなコンテストでしょっちゅう受賞してるという、優秀なデザイナー。ガヴァエッリのマサキ・クロカワといえば、世界中のジュエリーデザイナーが知っているだろう。

彼も実は、お父さんに負けないほどの有名人なんだよね。

それだけじゃなくて、背が高くて、スタイル抜群。現役モデルさんみたいなすごいハンサム。

僕みたいに平凡なデザイナーが、彼の恋人になれるなんて……本当に奇跡が起こったみたい。

僕らが付き合い始めてからもう、四ヶ月がたつ。

色々と事件はあったけど……僕らはとてもうまくいってる。

仕事は忙しいながらも毎日が幸せで……僕はその幸せがずっと続くと思ってた。

……まさか二人が、あんなことになってしまうなんて……僕は夢にも思わなかったんだ……。

MASAKI・1

「マサキ！　とんでもないことになったぞ！」

月曜日だというのに遅刻をしてきたアントニオが、デザイナー室に入って来ながら叫んでいる。

「あっ、ガヴァエッツリ・チーフが来た！　信じらんない、三十分も遅刻だよー！」

俺のチームのデザイナーの森悠太郎《もりゆうたろう》が、あきれたように言う。

アントニオは、楽しそうに笑いながら、

「なんだ？　わたしがなかなか来なくて、寂《さび》しかったのか？　ユウタロ」

言って、通りすがりに髪を撫《な》で、怒った悠太郎にその手をはたかれている。

彼はガヴァエッツリ家の次男、アントニオ・ガヴァエッツリ。二十九歳。イタリア人。

一族経営のこの会社で、副社長を務《つと》めている。大富豪のガヴァエッツリ一族の御曹司《おんぞうし》なのだからおとなしくイタリアにいればいいものを……去年の十二月、日本支社に異動して来てしまった。今ではすっかり居座って、デザイナー室のブランドチーフと本社副社長を兼任している。

「とんでもないこと？　あなたこそ、そんなに遅刻ばかりしていると、そのうちにとんでもない目に遭《あ》わせますよ」

俺が言うと、アントニオはその端整な顔にニヤリと笑いを浮かべて、

「とんでもない目？　なんだろう？　なんとなく楽しそうな気もするけれど？」

「楽しいですよ。あなたが遅刻したおかげで、会議用の書類が作れませんでした。……これを」

俺が資料を渡すと、彼は、ヤバイ、という表情を浮かべながらそれをめくって、

「待ってくれ、わたしはイタリア人なんだよ。ニホンゴは難しいんだ。そんな書類は……」

「それだけベラベラしゃべれれば十分です。ワープロがあれば、いくらでも書類は作れるでしょう。あとで校正だけはしてあげます」

「そんなことを言っていいのかな？　……ちょっと来い」

アントニオが、俺をちょいちょいと指で呼び、そのままミーティングルームに入っていく。

「黒川チーフ、負けるな、やっちまえー！　イタリア人だから遅刻していいとは限らないんだぞお！」

悠太郎が拳《こぶし》を振り上げて叫んでいる。俺のチームのサブチーフの瀬尾《せお》が、首をかしげて、

「でも、昨夜テレビでやってたけど……イタリアのサラリーマンって、シエスタをとって昼

は休む代わり、朝は早くからきっちり仕事を始めるんじゃないんですか？」

「普通はそうだがアントニオは別。国民的なものというよりは、単にマイペースなだけだ」

言うと、デザイナー室の面々が仕事をしながら笑う。

隣のチームにいる晶也も、可愛《かわい》らしい笑みを浮かべていて……俺と目が合うと、昨夜二人がしたことでも思い出したのか、その滑《なめ》らかな頬をふわりとバラ色に染める。

……ああ……俺の晶也は、今朝も綺麗《きれい》だ……。

俺は、感嘆のため息をつきながら思う。


俺の名前は、黒川雅樹。二十八歳。

イタリア系宝飾品会社、ガヴァエッツリのデザイナー室で、ジュエリーデザイナーをしている。

彼の名前は、篠原晶也。二十四歳。

同じ職場のジュエリーデザイナー。まだ入社して二年目、もうすぐ三年目に入る。

職位はヒラだが、そのデザインには素晴らしいものがある。晶也は将来有望な……というより末恐ろしいほどの才能を持つデザイナーだ。

俺がまだガヴァエッツリのイタリア本社のデザイナー室にいた頃、『ヴォーグ・ジョイエッリ』という雑誌に載《の》った、晶也の作品を見る機会があった。

完璧なまでに計算され、絞り上げられ、しかし信じられないほど優雅なそのライン。

それをデザインしたのが同じガヴァエッツリの日本支社、しかもまだ新入りのデザイナーだと知って、俺は愕然《がくぜん》とした。

俺は、彼のデザインの全てをガヴァエッツリの資料室で調べ上げ……、
そして、生まれて初めて……負けたと思った。

アキヤ・シノハラというそのデザイナーに会ってみたい、きっと俺とよく似た、技巧の裏に醜《みにく》い内面を隠した、鼻持ちならない男に違いない、俺はそう思った。

そして、アントニオの日本支社視察に同行し、ライバル意識を燃やしながらデザイナー室に踏み込み、晶也の天使のように無垢《むく》な笑顔を見たとたん……一目で恋に落ちてしまった。

ストレートの彼に恋をしても報《むく》われるわけがなく、俺は苦しみ、あきらめようと努力し……しかしほんの些細《ささい》なきっかけで、気持ちが爆発し……告白し、むりやりキスまで奪ってしまった。

本当ならその時点で絶縁を言い渡されてもおかしくない状況だったが、なんの奇跡が起きたのか、晶也は俺の気持ちを最後には受け入れてくれ、俺たちは恋人同士となり……、
晶也の顔を見るたび、俺の心臓は甘く痛む。

……毎日が、幸せすぎる。

今の俺の願いはただ一つ、愛《いと》しい晶也といつまでも一緒にいられるように、ということだ

けだ。

俺は席を立ち、デザイナー室を横切ってミーティングルームに入る。後ろ手にドアを閉め、

『なんですか、とんでもないことって？』

この部屋まで呼んだということは、ほかのメンバーには聞かせたくない話なのだろう。

俺がイタリア語で言うと、彼は案《あん》の定《じょう》、言いにくそうな顔で、

『あのカシワバラが……日本に来る』

『……カシワバラ……ええと……ええッ！　あの柏原《かしわばら》が？』

柏原は、イタリア在住のジュエリーデザイナーで、俺がガヴァエッリのイタリア本社にいた頃に会ったことがある。そして柏原は、何を血迷ったのか、恋人をフッて俺に迫り始めた。それを彼の元の恋人・辻堂《つじどう》という男は『黒川が彼をたぶらかした』と勝手に誤解し、俺が晶也に会いたさに日本に帰国したのを見て『黒川は彼をあっさり捨てて日本に逃げた』と勝手に思い込み……。

他人にどう思われようが、俺は全く気にしないが……こともあろうに、辻堂は晶也に『黒川はそういう酷《ひど》い男だ』と言ってしまった。『恋人をあっさり捨てるような冷酷な男だ』と。

俺の晶也は、可哀相《かわいそう》にそのことで悩み……。

その隙《すき》だらけの状態につけこんだ辻堂に、たぶらかされそうになり……。

辻堂を殴って撃退し、やっと誤解も解け、晶也と二人、幸せな毎日を過ごしていたのに。

こともあろうに、あの騒ぎの元凶とも言える柏原が……日本に来る？

『勘弁して欲しいよ。製作課チーフの井森《いもり》氏が辞《や》めてから、技術研修だけでも忙しいというのに』

アントニオが、疲《つか》れたようにため息をつきながら言う。

製作課というのは、デザイナーが描いたデザイン画を見ながらそれを商品にしていく仕事をしている。安価なものなら蠟《ろう》で型を作り、シルバーの原形にする。高価なものは金やプラチナを使って直《じか》に商品を加工する。そして石を選び、爪《つめ》で留《と》め……要するに、宝石職人の集団だ。

井森氏は、日本支社の製作課をとりしきる優秀な職人だったが、先月定年退職をした。ガヴァエッリからの莫大《ばくだい》な退職金で、カナダに家を建てて第二の人生を歩む、と張り切っていた。

しかし。製作課にはまだ未熟な若い職人が多い。最後まで忙しかった井森氏にはなかなか技術研修をする暇《ひま》はなかったようで……アントニオは、彼らの仕事に技術研修プログラムを組み込んだのだが、なかなかよい講師が見つからず、思うように技術は向上しないらしい。

見かねたアントニオは、暇をみて、宝石に関する講義を彼らに行ったりしているようだが……若い職人の多い製作課では、ミーハーに騒がれるばかりで効果のほどはいまひとつのようだ。

『カシワバラのことでアキヤが落ち込むと、おまえまでボロボロになって使い物にならなくなる。そうなると、またわたしの仕事が増えるからな。……まったく、仕事をなんだと思っている？』

アントニオが、横目で睨《にら》んでくる。俺は、肩をすくめて、

『仕事は、生活するための手段に過ぎません。俺の人生の中で一番大切なものは、当然晶也です』

アントニオは、聞いた自分がバカだった、というように手で顔を覆《おお》って深いため息をついてから、

『アキヤは、カシワバラのことで、そうとう悩んでいた。あの時は、このわたしが誤解を解いてやったんだったな、このわたしが！　そして今日は、事前に彼が来ることを教えてあげている！』

高らかに言って、ニヤリと笑う。そして書類用の資料を差し出す。俺は渋々《しぶしぶ》それを受け取って、

『わかりました。今日は俺の負けです。それで？　彼は日本支社のどの部署に？』

店舗の販売員などであれば、銀座のガヴァエッリ本店に配属されない限り、デザイナーとはほとんど顔を会わせる機会はない。別にやましいことをした覚えはないが……あの勘違い青年と晶也を会わせるのは……やはり少し……。

アントニオは、少し言いにくそうな顔で、

『それが……カシワバラが所属するのは、営業企画室のようなんだが……』

『ええッ？』

俺は驚いて声を上げる。営業企画室といえば、商品企画室と同じくらいデザイナー室に出入りする機会の多い部署だ。……そ、そんなところに……？

『イタリア本社のデザイナー室の面接に落ちたことは知っていたが……まさか、デザイナー以外で試験を受け直していたとはなあ』

アントニオが、無責任にも感心したように言う。それから、なんとなく面白そうな顔になって、

『あの子の熱意は、すごかったからな。いつか日本に来るのではないかと思ってはいたが……』

イタリアで、柏原はなにを思ったか俺につきまとい続け……しつこいというか、勘違い青年というか……最後には、ガヴァエッリの本社デザイナー室の面接にまで現れた。しかし、彼は顔に似合わぬひどいセンスの持ち主で、あっさり試験に落ちた。

どちらにしろ、俺はその頃には日本支社の篠原晶也という青年に夢中で、晶也以外の人間は、少しも目に入っていなかった。

彼には悪いが、特に親切にした覚えもないし、顔も名前も忘れかけていたくらいで……。

『それで？　彼はいつから日本支社に来るんです？』

事前に話しておかないと晶也が落ち込むことになるだろう、と思いながら言うと、アントニオは少し後ろめたそうな顔になって、

『それが……さっきエレベーターで営業企画室のチーフ、ミスター・スドウに会って聞いたんだが……彼は、今日から配属らしい。あとで挨拶《あいさつ》に行かせるからよろしく、と……』

『今日？　どうしてもっと早くわからなかったんですか？』

俺が焦《あせ》って叫ぶと、アントニオは、

『わたしはいちおう本社副社長だぞ！　人事は人事部と日本支社長に任せてある！　いちいちほかの部署の新人の名前まで……！』

『書類はまわってくるでしょう？　どうせよく読みもせずサインをして、だからあなたは……！』

「こんにちはーっ！」

ドアの向こう、デザイナー室の方から、どこかで聞いたような声が叫んでいるのが聞こえてくる。

言い合っていた俺とアントニオは、口を開けたまま言葉を失い、顔を見合わせる。

「すみませんっ！　黒川雅樹さんはっ？　僕の雅樹さんはどこですかっ？」

「……ああ……」

イタリアでの悪夢が頭を過《よぎ》り、俺は手で顔を押さえてうめく。

……今日は一日、この部屋から出ずに、ずっと隠れていたい……。

「黒川チーフなら、そっちのミーティングルームにいるけど？」

悠太郎が不審そうな声で言っている。……こら、教えるんじゃない……！

「ええと、『僕の雅樹さん』って何だよ？　おまえ、ナニモノ？」

「あ、僕、今日から営業企画室に配属になりました、柏原馨《かおる》といいます！　よろしく！」

「ねえ、ねえ、柏原くん！『僕の』ってどういうこと？　黒川チーフと、どういう関係？」

女性デザイナーの野川《のがわ》が、嬉しそうな声で叫んでいる。

俺はドアを慌てて開け、彼を止めようとするが……、

「僕、イタリアにいる頃、雅樹さんとつきあってたんでーす！」

……遅かったか……！

「柏原くん！　俺がいつ君とつきあった？」

俺が言うと、彼は驚いたように振り向く。その顔に、みるみる満面の笑みが浮かんで、

「雅樹さんっ！　会いたかったですっ！」

「待て！　ちょっと待ってくれ！」

言うが時すでに遅く、彼はスタートを切り、そのまま俺に駆け寄り、その華奢《きゃしゃ》な腕でガッシリと俺に抱きつき……、

「雅樹さーんっ！　すきですーっ！」

「勘弁してくれ！　俺は君と、一度もつきあった覚えはない！　頼むから訂正してくれ！」

俺は、彼をひきはがそうとしながら、必死で言う。

ああ……頬に突き刺さる、晶也の氷のように冷たい視線を感じる……！

「わかりましたよ。たしかに、『まだ』おつきあいはしてません。でも……」

柏原は俺を見上げ、その綺麗な顔に小悪魔のごとき笑みを浮かべると、

「……僕、実はゲイで、これから黒川さんとおつきあいしたいと思ってるんです！」


「……待ってくれ、晶也」

晶也を追って早足で廊下を歩きながら、俺は声を殺して言う。

彼は振り向きもせずにどんどん歩き、そのまま喫煙室に入っていく。

俺は彼の後についてその部屋の中に入り、ほかの人間が誰もいないことを確認してドアを閉める。

「晶也、違う。俺は彼とは何の関係もない。つきあっていたなんてとんでもない」

必死で言うが、晶也は俺に背中を向けたまま、何も答えてくれない。

彼はスラックスのポケットから財布を出し、カップベンダーに小銭を入れる。

「俺の言葉を信じてくれ。イタリアでも何もなかったんだ。それにまさか、彼が日本に来る

なんて……！」

俺は言うが、晶也は黙ったままカップベンダーのボタンを押し、そのままうつむく。彼のスーツに包まれた背中が、微《かす》かに震えている。泣き声を殺しているような、くっ、という声を漏《も》らす。

「……晶也……！」

……晶也を泣かせてしまった！　ああ、なんてことだ……！

「晶也、悪かった。君を泣かせたりして、俺は……」

彼の肩を後ろから抱きしめようとした時、

「うっ、もう我慢できない！」

晶也が言い、俺に背を向けたままでクスクスと笑う。

「あなたみたいな凄いハンサムがオロオロすると、ものすごく面白いです」

「……晶也……？」

彼の楽しそうな声に、俺は呆然《ぼうぜん》とする。

「やだなあ、もう。別に怒ってませんってば」

晶也は言いながら、カップベンダーの扉を開け、中からコーヒーの入った紙カップを取り出す。

「はい。あなたの定番、エスプレッソ」

天使のごとく優しい笑みを浮かべ、俺にカップを差し出す。俺は受け取りながら、

「あ、ああ。ありがとう」

「いいえ」

彼はもう一度小銭をカップベンダーに入れ、今度は砂糖なしのカフェ・オレのボタンを押す。

彼の定番はマンダリンのブラック。カフェ・オレを飲みたがる時は……、

「……晶也。昨夜いじめすぎて、疲れた？」

晶也は振り向かないまま、どうして？　と聞く。俺は、

「君は、疲れた時には、いつもカフェ・オレのボタンを押す」

「え？　あ、そうですか？　そうかな？　自分でも気がつかなかったです」

晶也は、抽出の終わった機械からカフェ・オレを取り出し、

「大丈夫。別に疲れてません。でもせっかくだから少しだけサボっちゃおっと」

言いながら、傍《そば》にあるテーブルにカップを置いて座る。

隣の椅子《いす》に座ると、晶也は俺からわずかに視線を逸《そ》らすようにして、

「柏原くんって綺麗ですね。ちょっと爆裂だけど、悪い子じゃなさそうだし」

少しだけこわばっている晶也の顔を見つめながら、俺はため息をつく。

「……そう？　彼には悪いけれど、関心がない」

「そうですか？　僕があなただったら、あんな綺麗な子にセマられたらちょっと嬉しいですけど」

晶也は早口で言って、テーブルの上に置いてあるナフキンホルダーから、プラスティック製のスティックを一本引き抜く。砂糖も入れていないくせに、動揺を隠そうとするようにグルグルとカフェ・オレをかき混ぜながら言う。

「それに、あの子、皆の前であっさりと自分がゲイだってカミングアウトしちゃった。僕だったら絶対にできない。勇気がありますよ」

「……晶也」

「僕は、とても彼みたいにする勇気はありません」

「晶也」

「柏原くんのこと、ちょっとうらやましいなあ」

珊瑚《さんご》色の唇に微かに笑みを浮かべ、彼は言う。だが長いまつげは伏《ふ》せられたままで、その視線はカップの中のまわっているカフェ・オレに落とされたままで……、

「晶也。俺の顔をちゃんと見て」

俺が言うと、彼の肩がピクンと震える。

晶也は、カフェ・オレから引き剝《は》がすようにして視線を上げるが、どうしても俺と目を合わせられないようで、すぐにうつむいてしまう。

「晶也」

テーブルに置かれた彼の白い手。そっと手を重ねると、ピクンと震える。

「俺はイタリアで、君に言えないようなやましいことをした覚えはない。まさか彼が日本に来てしまうとは思わなかったが、彼がイタリアにいようと日本に来ようと、俺には関係ない」

晶也は、少し辛《つら》そうにその形のいい眉《まゆ》を寄せる。

「愛している。俺が愛しているのは、君だけだよ」

晶也は、うつむいたままうなずき、

「わかっています。僕、あなたのこと愛してるし、信じてる。だから別に怒ってなんかいません。でも……」

「……でも？」

晶也は少し考えるように黙り、それからクスリと笑う。囁くような微かな声で、

「……あなたが誰かに抱きつかれてるとこ見るの、ちょっとショックだったかな」

「……晶也……」

俺は手を伸ばし、彼の滑らかな頬に触れる。そっと顔を上げさせて、

「彼にきちんと話す。俺には愛している恋人がいること。その人以外には誰も目に入らないこと」

晶也は少し驚いたような顔で、やっと視線を俺に合わせる。

「愛しているよ。君以外は誰も目に入らない」

「……雅樹」

見上げてくる、晶也の琥珀《こはく》色の瞳。その真摯《しんし》な眼差《まなざ》しは、いつも俺の思考を全て奪ってしまう。

俺は、自分が会社にいることも忘れ、その珊瑚色の唇にそっとくちづけてしまう。

長いキスの後で唇を離すと、晶也はその頬を綺麗なバラ色に染め、恥ずかしげに目をそらして、

「会社内でキスするなんて。……あなたって悪い上司ですね」

少しかすれた甘い声。俺は我慢できなくなって彼を抱きしめる。その柔《やわ》らかな髪にキスをして囁く。

「今夜、一緒に帰ろう。そして俺の部屋に行こう。……これは上司命令だよ、篠原くん」

ＡＫＩＹＡ・２

……まったく！　会社内でキスなんかして……！

僕はデザインラフを描きながら、一人で赤くなる。

喫煙室はフロアの一番端にあって、外を偶然に誰かが通りかかるってことはまずない。一つしかないドアが開けっ放しになってさえいなければ、誰かに見られる心配はないはずなんだけど……。

……でも、やっぱり会社でキスなんて、すごく恥ずかしい……。

手加減してくれたけど、彼のキスはやっぱりセクシーで、僕の体温を上げてしまって……。

「あーきーやーさん！　……ですよね？」

いきなり後ろから肩を叩《たた》かれて、僕は、驚いて飛び上がる。

振り向くと、そこに立っているのは柏原馨くん。彼はその顔に人懐《なつ》こい笑みを浮かべて、

「僕の初仕事でーす！　あなたの商品を使った、雑誌とのタイアップ企画！」

ガヴァエッリの営業企画室は、ほかの会社で言えば宣伝部にあたるような仕事を主にして

る。

　今まではあんまり雑誌とのタイアップとかはなかったんだけど、若手社員が中心になって作ってる新しいブランド、ガヴァエッリ・ジャパンは、今までとは違う宣伝方法でいこうってことになっている。今回の、雑誌とのタイアップは、ガヴァエッリとしては初の試《こころ》みなんだよね。

「柏原くんが担当になったのか。最初から大変な仕事だけど、頑張って。よろしくね」

　言いながら、僕はデザイン画ファイルを持って立ち上がる。柏原くんは、

「あとで、営業企画室のチーフも来ます。製作課の人も商品サンプルを持って来るから、ミーティングルームを借りておけって言われたんですけど。今、空いてます？」

「あ、うん、大丈夫だよ」

「ねーねー、柏原くん！　もうすぐ会議が終わって黒川チーフ帰ってくるわよ。またセマる？」

　野川さんが、楽しそうに声をかける。

　ガヴァエッリ・チーフと雅樹は、今は会議で席を外してる。

　今、デザイナー室にいるのは、僕のチームの田端《たばた》チーフ、サブチーフの三上《みかみ》さん、雅樹のチームのサブチームの瀬尾さん、僕の同期の悠太郎、後輩の柳《やなぎ》くんと広瀬《ひろせ》くん、それに女性陣の野川さんと長谷《はせ》さんの、しょっちゅう飲んでるメンバー。雰囲気がダラけるのも当然な

んだよね。

振り向いた柏原くんが、しょげた声で、

「もうセマれないんです。だって僕、雅樹さんにフラれちゃったんだもん」

「えええええーッ？」

野川さんと長谷さんのデザイナー室の紅二点が、声を合わせて叫んでる。

柏原くんは、冗談なのか本気なのか解らない口調で、

「さっき、廊下ではっきり言われちゃったんです。『俺には恋人がいて、自分はその人に夢中で、その人以外は目に入らない。だから社内で抱きついたりしないように』ってー」

その言葉に、僕は少し赤くなる。

「そうかあ！　黒川チーフ、ちゃんと恋人がいるって前に言ってたもんね！」

野川さんが、すごく残念そうに言う。長谷さんが、笑いながら、

「惜《お》しいわあ！　黒川チーフが男の子とくっついたとしたら、毎日がもう、超・楽しかったのに！」

その言葉に、野川さんが身を乗り出して、

「あ、でもでも、黒川チーフは、あきやくんとカップルになってるんだもんね、私の中では！」

「そうねえー、やっぱ、黒川・あきやカップルがダントツかしらねー。あきやくん、ぜ

ひ！」

　急に振られて、僕はうろたえる。柏原くんが笑いながら、

「ううーん。雅樹さんがどっかのケバいお姉ちゃんと歩いてるとこなんか想像したくないなあ。悔《くや》しいけど、晶也さんならルックスはモンクないし。んー、アップにも堪《た》えるこの綺麗な肌」

　キスされそうなほど顔を近付けられて、僕はさらに動揺してしまう。

　僕と雅樹の関係を知っているのは、このデザイナー室のメンバーの中では僕の親友の悠太郎と、雅樹のイタリア時代からの上司、ガヴァエッリ・チーフだけなんだ。

　雅樹はことあるごとに『篠原くんが俺の恋人だよ』って皆の前で言うけど、誰も本気にしない。

　ゲイっていうのは、お話の中か、冗談の中にしか登場しない人種だと思われてる。

　でも、それもムリないよね。僕だって雅樹を愛してるって気づくまでは、同じように思ってた。

　柏原くんの『僕、ゲイなんです』っていう言葉も、皆は冗談だと思ったらしくて、柏原くんは『なかなかナイスで面白いヤツ』と取られたみたい。

　人懐こい雰囲気もあって、柏原くんはあっさりとデザイナー室の雰囲気になじんでしまった。

「こら、柏原！　黒川チーフに振られたからって、オレのあきやに手を出すなよ！」

悠太郎が、自分の席から叫んでる。悠太郎がことあるごとに『オレのあきや』って言うのはまさしく冗談なんだけど、面倒見のいい彼はいつでも僕のことをかばってくれてる。柏原くんが雅樹に抱きついて僕が落ち込んだことで、さっきまでそうとう怒ってたんだけど……、

「大丈夫です！　僕と晶也さんじゃ、恋人じゃなくて二人組美少女アイドルになっちゃう！」

柏原くんが茶目っ気たっぷりに言って片目をつぶると、その悠太郎までが笑ってしまう。

「販売促進の方法を色々考えるより、晶也さんと僕の写真付きで店に出したらどうですか？　この二人で作りました！　って！　もうオバ様、オジ様方に売れること間違いなしですよね！」

ミーティングルームのドアを開けながら柏原くんが笑う。僕もつい笑ってしまいながら、

「柏原くん、それってなんだか違わない？」

「そうですかあ？　いいアイディアだと思ったんだけどなあ！」

柏原くんには独特の雰囲気があって、彼が来たことでそうとう落ち込んだ僕も、いつの間にか、彼のことを好きになりはじめてる。

……なんだか本当に、憎《にく》めない子なんだよね……。

「……って、こんな感じの記事と、商品の写真が載ると思ってください」

柏原くんがファイルをぱたんと閉じながら言う。

雅樹とガヴァエッリ・チーフは彼のことを『センスがヒドい』とか『勘違い青年』とか散々言ってたんだけど……それは天才的としか思えない二人から見た感想で……。

一人で海外で頑張ってただけはある。柏原くんは、なんというか……、

「……冴《さ》えてるよね」

僕は思わず言ってしまう。

「……僕なんか、そんなキャッチコピーとか絶対に思いつかない。君って才能あるよ」

「あはは。またまた。そんなこと言われると照れちゃうなあ」

柏原くんは、すごく嬉しそうに言う。

「入社早々、こんな依頼をもらって、慌てちゃった。ガヴァエッリって人使い荒いですね――」

「営業企画室は、特にね。お店の方の販売促進もあるから、忙しいみたいだし」

「でも、ガヴァエッリ初の雑誌タイアップでしょう？　がんばらなきゃ！」

昔からのガヴァエッリ・スタイルで言えば、テレビはもちろん、雑誌での宣伝もほとんどしないのが普通だった。それでも代々ガヴァエッリのお得意様だった世界の大富豪だけを相手にして、商売が成り立っていた。……でも、それは古きよき時代のこと。ガヴァエッリは、

表向きは世界有数の高級ジュエリー店の体面を保《たも》ってるけど……実はこのままじゃ、それも危ない状況にある。

去年の末なんか、人件費削減のために、日本支社のジュエリーデザイナー室の僕ら全員がクビになるところだった。日本のデザイナーよりイタリアのデザイナーの方が高額ジュエリーのデザインには慣れているんだから、って理由だけで。

……まあ、ガヴァエッツリ・チーフが日本支社に来て助けてくれたし、それにやり手の雅樹のおかげもあって、僕らはこうして楽しく仕事ができているんだけどね。

その時にガヴァエッツリ・チーフが打ち出した対策は、『日本支社独自のブランドを作ってイタリア本社のデザインと差別化をはかる。そして日本での新しい顧客《こきゃく》を獲得する』っていうものだった。それが僕らが携《たずさ》わってるブランド、ガヴァエッツリ・ジャパンだ。

ガヴァエッツリ・チーフと雅樹と僕のチームの田端チーフ。それに瀬尾さんと三上さんのサブチーフコンビは、今まで通りの高額商品を担当してデザインしている。

あたらしいブランド、ガヴァエッツリ・ジャパンは、そのほかのメンバーで責任持って製作することになっている。ターゲットは今までガヴァエッツリとは全く縁のなかった若い人。ガヴァエッツリ・チーフは、ターゲットに年齢も感覚も近い僕らに、ほとんど全権を任せてくれている。

そうとう緊張する作業だけど、やりがいはすごくあるんだ。

柏原くんが、いきなり流暢《りゅうちょう》なイタリア語でなにかを言う。

「……え、なに？」

僕が慌てて聞き返すと、彼は、あ、と照れたような顔をして、

「すいません、夢中になるとイタリア語が出ちゃうんです。『これが成功したら、ガヴァエッリ・ジャパンはそうとう売り上げを伸ばせますよ』って言ったんです」

「柏原くんって、イタリア語もペラペラなんだね。すごいなあ」

僕が言うと、彼は嬉しそうな顔で、

「どっちかって言うと、日本語より得意です。あと英語とフランス語も大丈夫。僕、親の仕事の都合《つごう》で、小さい頃からいろんな国を転々としてたんです。その国の言葉を早く覚えないと、友達できませんから。デザインセンスにはイマイチ自信ないけど、語学センスにだけは自信あるかな」

「へえ。格好いいなあ。僕なんか、英語もまともに話せないんだ。うらやましい」

「僕は、こんなに格好いいデザインの描ける、晶也さんがうらやましいですよ」

テーブルに頬杖《づえ》をついて、長いまつげに囲まれた茶色の目で、僕を見上げる。

その顔がすごーく可愛くて……僕は意味もなく赤面してしまう。

……こんな綺麗な子にセマられたら……雅樹はやっぱりちょっと嬉しいんだろうなあ……。

「僕に晶也さんくらい美的センスがあったとしたら、雅樹さんもちょっとは相手にしてくれ

たかなあ？」

「……え……？」

ため息交じりに言われたその言葉に、僕はドキリとする。彼は、僕をまっすぐに見つめたまま、

「皆、冗談だと思ってるみたいだけど、僕、ゲイで、雅樹さんのこと本当に好きなんです。……こういうの、ヘンだと思います？」

きっぱりとしたその言葉と、彼の真摯なまなざしに、僕は呆然としたまま言葉を失ってしまう。

彼は、少しだけ自嘲《じちょう》的に笑って、

「あ、なんで会ったばっかりのあなたに、こんなこと言っちゃったんだろう？　やっぱ、ゲイとかってちょっとヘンかな。あなたみたいな綺麗な人に軽蔑《けいべつ》されちゃったらちょっと悲しいなあ」

「け、軽蔑だなんて、そんな」

僕は思わず言ってしまう。

「ヘンだなんて思わないよ。好きになっちゃった相手が男だったってだけでしょう？」

「……え……？」

「本当の恋に性別とか関係ないと思う。正直な君は、すごく立派だと思うよ」

「……晶也さん……？」

きょとんとした顔で見つめてくる彼に、僕はハッと我に返る。

「……晶也さんって、綺麗なだけじゃなくて、優しいんだ……」

感嘆したような声で言われて、僕は慌てる。

「あ、いや、そんなことないけど……」

「……あなたみたいに理解のある人のいる会社に入れて、僕、ラッキーです！」

その言葉に、僕の良心がチクンと痛む。

……そうじゃないんだ。勇気がなくて言いだせないけど、僕もゲイなんだよ……。

……しかも、君が好きだって言ってる雅樹の恋人で……。

……ごめんね、柏原君……。

「僕、なんだか勇気がでてきました！」

いきなり言われた彼の言葉に、僕は驚いてしまう。

「恋人がいるとか言われちゃったけど、僕、あきらめません！」

「……え？」

「晶也さん！　僕と雅樹さんのこと、応援してくれますか？」

彼の華奢な両手が僕の手をぎゅうっと握り締め、すがるような茶色の目が見上げてくる。

「ね？　ね？　応援してくれますよね？」

「あ、いや……でも、黒川チーフは恋人がいるって言ってるし……」

「そんなの関係ないですっ！　晶也さんみたいな綺麗な人に応援されてるんだから、僕、頑張らなきゃっ！　なんだか勇気がわいてきたなっ！」

……うわ、まずいことになっちゃった！　可愛い顔に似合わず、すっごく強引な……！

僕は困りつつ、思う。

……雅樹たちが『勘違い青年』って言ってたのは、もしかしてこういう感じのこと……？

コンコン！

ノックの音がして、ミーティングルームのドアがいきなり開かれる。

そこに立っていたのは、柏原君の直属の上司に当たる、営業企画室のチーフ、首藤《すどう》さん。

それに先月製作課のチーフになったばかりの今井《いまい》チーフ。そしてでき上がったばかりの商品が入っているらしいサンプルケースを大事そうに持った、製作課の新人の女の子、たしか……新見《にいみ》さん。

首藤チーフが、手を握り合ってる僕らを見て、驚いた顔をする。

「こら、なにやってるんだ、柏原！　ガヴァエッリで一番の美人をさっそく口説いているのか？」

柔道をやっていたというごつい身体をスーツに包んだ彼は、豪胆な感じの大声で言う。

開けっ放しのドアの向こう、呆然と立ったままの製作課の二人の後ろで、チーフデスクに座った雅樹が、こっちを睨んでる。そのハンサムな顔には、ちょっと怒ったような表情。『口説かれたってなんのことだ？』というように眉を上げてみせる。

僕は、『さあね、あなたには関係ないですよ！』って顔で肩をすくめてみせる。

「ほら！　今井チーフたちもさっさと入ってください！　時間がないんですよ！」

首藤チーフがその場を仕切って、二人をミーティングルームに引っ張り込む。

ドアが閉まる直前に見えた雅樹の不満そうな顔に、僕はまた少し笑ってしまう。

……まったく！　やきもちやきなんだから……！

「今日の三時から、商品撮影に入りたいって、雑誌の方から言われちゃってね。急いでるんだよ」

首藤チーフが、せかせかと椅子に座りながら言う。

今回タイアップの企画があるのは、宝飾品雑誌じゃなくて、若い女性向けのファッション誌だ。

ガヴァエッリは、高級なイメージの本格ファッション雑誌に、ほんの一ページ、しかもローマ本店と、新作の超高級ジュエリー（だいたい雅樹かガヴァエッリ・チーフのデザイン）の写真が出てるだけの広告しか出したことがなかった。キャッチコピーすらつけない。

そこに金の文字で『ＧＡＶＡＥＬＬＩ』って入ってて、これでもう解るだろう！　って感じの。

今回の企画は、ガヴァエッツリにしてはそうとうの冒険というか……。

「本当はすぐにでも撮影スタジオに持っていきたかったんだけど、商品ができたら担当デザイナーのチェックをもらわなきゃいけないって言われてるしねえ」

首藤チーフは、面倒くさそうな声で言う。

僕の向かいには、製作課の今井チーフが座る。彼は退職した井森チーフのサブを務めてた人なんだけど、まだ二十六歳の若さだし、技術的にも井森チーフに全然およばない、と噂《うわさ》されている。

そのせいか、なんだかいつもオドオドしていて、首藤チーフみたいな人と一緒だとすでに言いなりって感じ。特に副社長のガヴァエッツリ・チーフや、仕事では超・厳《きび》しい雅樹がいるデザイナー室に来る時は……なんだかすごく腰が低くなっちゃって、すでに番頭さん状態だ。

今井チーフは、持っていたファイルから慌てて書類を出して、

「ええと、ここの担当デザイナーの欄《らん》に、サインをしてくれる？」

「……は？」

いきなり書類を差し出されて、僕は面食らってしまう。

これにサインをするってことは、自分のデザインした商品をチェックしたって証《あかし》で……。

「……あの、僕、まだ商品、見せていただいてませんが……」

今井チーフは、ヒラのくせにナマイキな、って顔で僕をチラリと睨んで、

「あ、そうだったね。いい出来だよ。……新見くん」

今井チーフの隣に座った新見さんは、緊張したような顔でサンプルケースをテーブルに置く。

今回の商品は、パヴェ・セッティングっていう難しい技法を使ってる。

そうとうリキを入れて描いたデザインだし、あの技法を再現するのが新人さんだって聞いた時には、だいぶ不安だったんだけど……。

……仮にも製作課のチーフの今井さんが、いい出来、って言うんだから、いい出来なんだろう。

僕は、なんだかすごくホッとしていた。

宝飾品作りは、デザイナーと職人さんの二人三脚だ。

どんなに頑張っていいデザインを描いても、それを作ってくれる職人さんの腕が悪かったら、よい商品を作るのは不可能だし、すごく腕のいい職人さんがいても、いいデザインがなかったら宝の持ち腐れって感じだし。

「……あの、お仕事でこんな技法をやるのは初めてで、でも、とっても頑張ったんです……」

新見さんが、消え入りそうな声で言いながら、サンプルケースの蓋《ふた》を開ける。

この瞬間は、いつもすごくドキドキする。

ガヴァエッツリの職人さんは、さすが老舗《しにせ》、っていう腕のいい人が多かった。

ガヴァエッツリ・ジャパンができる前は、難しそうな技法の場合はイタリアまで送って、あっちの職人さんが商品にしてくれたし。

僕が心を込めて描いたデザインは、いつも思った通り、いや、それ以上の美しい出来ばえで、僕の目の前に、現実のものとなって現れていた。

だから、サンプルケースを開ける時は、僕にとっては特別の瞬間で。

我が子との再会、なんて言ったら大袈裟《おおげさ》だけど、ちょっとそんな感じの嬉しさがあって。

「……あの、いかがでしょうか……？」

新見さんが、蓋を開けたケースを僕の方に向けてくれる。

ベルベットの張られたケースの中、並んでいる十点ほどの商品。

「……あっ……！」

それを見た僕は、思わず小さく声を上げた。

僕の横から柏原くんが覗き込んで、

「……うわ……」

「いい出来だろう？」

今井チーフの投げやりな声に、僕はなにも言えずに呆然とする。

……これって……。

胃のあたりから、スウッと血の気《け》が引いていくような気がする。

よい宝飾品は、人の目を魅《ひ》きつける、不思議な引力を持っていなければならない。

それはダイヤの輝きだったり、秀《すぐ》れたデザインだったり、高い加工技術だったり……そういうものが合わさって、人の目をそらさせない、不思議なオーラを発するんだ。

……だけど……。

高級そうな艶のあるベルベット。その上にうやうやしく並べられた商品は……なんだか目をそらしたくなるほど痛々しかった。

僕が苦しみながら描いた全体のラインも、計算に計算を重ねたダイヤモンドの配置も、石を留める爪の、目立たないように、しかも可愛い高級感が出るように描いた質感も……。

…………全部、変わっちゃってる…………。

やっとのことで体裁《ていさい》だけ整えたような、オモチャみたいに見える安っぽいリング。

目の前が暗くなるみたいな気がした。

僕が描いたものとはこんなに違う商品が、写真になって雑誌に載ってしまう。

しかも、これが量産されて、ガヴァエッリの店に……？

押し黙ってしまった僕を見上げて、新見さんが、

「……いかがですか？　あの、何日も残業して、頑張ったんです、わたし……」

その目に涙が浮かんでいるのを見て、僕はショックを受けてしまう。

……うそ……！　女の子に泣かれちゃうなんて……！

「……ええと……それは大変だったたね……だけど……」

迷いながら言おうとした僕に、今井チーフが、

「これでじゅうぶんだろう？　二十万や三十万の商品に、そんなに手間かけていられないよ」

その言葉に、僕はまたショックを受けてしまう。

……そんな……！

「ああっ！　もう二時だ！」

首藤チーフが時計を覗き込みながら言う。そしていきなりサンプルケースの蓋を閉めてしまう。

「ああ、篠原くん！　そこにサイン！　それがないと持ち出し許可がでないんだよ！　早く！」

書類を突き出され、ボールペンを持った僕が躊躇《ちゅうちょ》していると、

「撮影に間に合わなかったら、スタジオ代もスタッフへのギャラもオーバーしてしまうんだよ！　……君に責任とれる？」

怖い顔で睨まれて、僕は心の中で深くため息をつく。

……ああ、やっぱり僕はヒラで、チェックとか言っても、本当に形だけのものなんだ……。

僕がサインをすると、首藤チーフは書類とサンプルケースを引っつかみ、

「篠原くん、どうもお世話様！　柏原、わたしはスタジオに行って、そこから直帰だから！」

「はあーい。サブチーフの平田《ひらた》さんに、そうお伝えしときまーす」

柏原くんが、ため息交じりに言う。

首藤チーフは、そのまま怒濤《どとう》のように出ていってしまう。その後を追って、今井チーフと新見さんも逃げるようにそそくさとミーティングルームから出ていってしまう。

僕は、なんだか悲しい気分でため息をつく。

そっと肩に触れてきた手に、驚いて顔を上げる。

「出来はイマイチだったけど、仕方ないですよね。ビジネスなんて、こんなもんじゃないですか？」

柏原くんは、なんだか同情してくれるような顔で、

「元気出してください。あんまり細かいことにこだわんないほうがいいですよ！」

本当にそうかな？　と思いつつも、彼のけっこう優しい声に、僕はなんとか笑えるようになる。

「あ！　僕も元気出して、雅樹さんにアタックしなきゃっ！　応援してくださいねっ！」

……いや、これには、笑えない……。

「……というわけで。柏原くんに、二人でいるところを見られるとヤバいんです」

終業時間も近い、ひと気のないエレベーターホール。

大きく取られた窓から、夕焼けに染まり、明かりを点けはじめたオフィス街が見渡せる。

彼の彫りが深くて端整な顔が、綺麗なオレンジ色に染まっている。

僕は、会議室に行く前の雅樹をつかまえて、小声で話していた。

「会議が終わるあなたを待ってから一緒に帰ると、目立つと思うんです。だから僕は、外の店かどこかで待つか……あ、いっそ今夜はあなたの部屋には行かないことに……」

言うと、雅樹はむっとしたように眉をつり上げて、

「それは許可できないな。そんなことを言うと、今すぐキスをして、ここに押し倒すよ」

……うわあ、なんてことを……！

言葉だけで真っ赤になってしまった僕を見て、雅樹がクスリと笑う。

「でも、こんな場所で、そんなことをするのはもったいないから……」

ポケットから、ジュエリーを入れるための小さい革の袋を取り出す。

「ずっと前から、渡そうと思っていたんだけれど」

「……これは？」

「部屋の合鍵《あいかぎ》」

その言葉に、僕の心臓がトクンと高鳴る。

僕は、雅樹の車に乗るのが好きだ。車に乗せてもらって、途中でディナーのための色々な店を捜すのはすごく楽しいし、鍵を開けてもらって、一緒に彼の部屋に入る時はすごくドキドキする。

だから、彼の部屋に泊まりに行く時は、彼が残業や会議でも、仕事のあるフリをしてさりげなく待っているんだけど……、

「……先に行って、俺の部屋で待っていてくれないか？」

囁くような彼の言葉に、鼓動が速くなる。

部屋の合鍵をもらうっていうのは、やっぱりすごく嬉しくて、ちょっと恥ずかしくて……、

「……手を出して」

照れてしまいながら手を出すと、彼がその袋を手の上で逆さまにする。

夕日を反射して、キラリと光るものが、そこからこぼれる。手のひらに少し重くて冷たい感触。

「……あ……」

雅樹が持っているのと同じ、特徴ある形の銀色の鍵。

そこについているのは、シンプルですごく洗練されたデザインの……シルバーのキーホルダー。

「……これって……」

このデザインには、なんだか見覚えがある。

僕が二十四歳になった夜。彼は僕に、約束のプラチナのリングをくれた。

それは今も、プラチナの鎖《くさり》に下げられて、ワイシャツの下、僕の胸の上にある。

このキーホルダーは、それとモチーフがよく似ていて……。

世界に名だたるジュエリーデザイナー、マサキ・クロカワの作るラインに、よく似ていて……、

「……あなたが、デザインしてくれたんですか？」

見上げながら言うと、雅樹は少し慌てたような顔で、

「あ、いらなかったかな？　前に、君は、シンプルなシルバーのキーホルダーが欲しいって言っていたから。ちょっと重い？」

「いいえ」

手の平で、夕日を反射してきらめいている美しいキーホルダー、そして彼の部屋の合鍵。

「すっごく嬉しいです。あの……」

僕はそれを見つめながら、あんまりドキドキして、なんだか泣いてしまいそうになる。

「……どうしよう。僕、あなたに、キスしたくなっちゃった」

言うと、雅樹はクスリと笑い、僕の耳に口を近付ける。

「……オーケー。今夜のキスを楽しみにしているよ」

セクシーな声で囁かれて、鼓動が速くなる。

……どうしよう、本当に泣いてしまいそうだ。

MASAKI・2

長く感じられた会議がやっと終わり、デザイナー室に戻った俺は、慌てて帰り支度《じたく》をする。

『珍しいな、まだ八時だというのにアキヤが待っていないじゃないか。……もしかして……』

アントニオがイタリア語で言って、微かに眉をひそめる。

『カシワバラのことで、本当に喧嘩《けんか》をしてしまったんじゃ……？』

俺は、肩をすくめてアタッシュケースを持ち上げる。

『まさか。俺と晶也の関係は、そんなにモロいものじゃないんです。なんと言っても俺たちは……』

上着をつかんでドアの方に歩きながら、俺は振り向いて、

『……本気で愛し合っているんですよ』

言うと、アントニオがあきれた顔で、

『マサキ、そのだらしない顔は……もしかして、部屋でアキヤが待っているな』

『そのとおり』

『なんだ、心配して損した。ああ、ああ、勝手にノロケてろ』

アントニオは両手を挙げて、降参のポーズを取る。俺はドアから出ながら、

『お先に失礼します。一刻も早く晶也に会いたいので。……あと、戸締まりよろしく』

『わたしはいちおうガヴァエッリ一族の御曹司で、会社の副社長で、おまえの上司なんだが？』

『そういうことは、毎朝、定刻に来られるようになってから言ってください。遅刻ばかりしないで欲しいな……一人寝のくせに』

言うと、アントニオは眉をつり上げ、その端正な容姿に似合わない非常に下品なジェスチャーをする。それから、何かを思い出したようにふと笑って、

『今夜はそうじゃないかもしれないぞ。……ユウタロにでも電話をしてみようかな？』

『まさか部下である悠太郎に、手を出すつもりじゃ……！』

アントニオと悠太郎は、お互いにフリーなことで意気投合したらしく、最近は妙にツルんで行動している。しかし、アントニオはともかく、悠太郎はどうみてもストレートだし……、

『……さあ、どうかな？　わたしもそろそろ一人寝にあきてきたし……』

『アントニオ！』

俺が叫ぶと、彼は楽しそうな顔をして、

『嘘《うそ》だよ。あんな純情な子供に、そんなに簡単に手を出せるわけがないだろう？』

『純情な子供？』

俺が言うと、アントニオは笑いながら手を振って、

『人のことはいいから、さっさとハニーのところに帰れ！』

『そうでした。あなたと遊んでいる暇はない。……失礼します』

俺は言ってデザイナー室を出る。廊下を歩き、もう誰もいないエレベーターホールに入る。

合鍵を渡した時の、晶也の夕日に染まった美しい笑みを思い出す。それだけで心が熱くなってくる。

ボタンを押すと、エレベーターはすぐに来る。俺は素早く乗り込んで、Ｂ１のボタンを押す。

壁に寄りかかり、幸せな気分で、部屋で俺を待っているであろう晶也のことを考える。

……ここのところイジメすぎて、彼を少し疲れさせてしまったようだ。

情事の次の日、彼は一日中少し照れたようにしている。目が合うだけで、ほのかに頬を染める。

彼はいつも姿勢よく座り、真剣な顔でデザインに取り組み、その横顔は凜《りん》として美しい。

その彼の動きが、そんな日はわずかに気だるげに、優雅さを含んでゆっくりになる。

夢見るように潤《うる》んだ目をして、いつもよりかすれた甘い声を出す。

長い長いまつげが、蝶《ちょう》が羽ばたくようにゆっくりと瞬《まばた》きをし、形のいい珊瑚色の唇が開いて、蜜《みつ》を含んだような甘い吐息《といき》を微かにもらす。

午後のお茶の時間の前あたり、たまに半睡《ねむ》りになってカクンと倒れそうになる。ピクンと目を覚まし、慌てて目をこすって知らんぷりしている姿が、抱きしめたいほど可愛い。

隣の席の広瀬まで、抱きしめたいのを我慢しているような顔をするのが……少し気になるのだが。

……まったく。晶也、君の無防備さは、ほとんど犯罪だよ。

晶也は、誰もが根本的には良い人間だと信じているようだ。それはそれで正しい考え方だし、その一途《いちず》に人を信じようとする姿勢が、彼の内面の無垢な透明さを形成しているような気がする。

ただ、そうやって無防備に生きるには、彼はあまりにも美しいと思う。

悠太郎が『あきやは誘動フェロモン全開なんだから！』とずっと心配し、学生時代からまるで保護者のように傍についていて守ってきた気持ちが、今はよく解る。

広瀬や柳のような後輩に慕《した》われるのは、いっこうに問題ない。……それは少しだけ、気にはなるが。

だが、世間には、悪い人間もたくさんいて……俺の脳裏を、辻堂怜二《れいじ》の顔がよぎる。

辻堂は、晶也の優《すぐ》れたデザインを自分のものにしようとしただけでなく、晶也自身も同時に手に入れようとして、彼を罠《わな》にかけた。疑うことを知らない晶也は、簡単に彼の罠に堕ちて……。

ソファに押し倒され、苦しげな顔で辻堂にのしかかられていた、晶也。

間一髪で助け出して晶也は無事だったが、その光景を思い出すたび背中に震えが走る。

晶也にはよく言い聞かせたし、彼も『これからはちゃんと用心します』と誓《ちか》いはしたのだが……。

俺は一人でため息をつく。

辻堂のようなヤツは最悪で害は大きいが……逆に言えば、見つけ出せれば撃退するのは簡単とも言える。正体を現したところをブン殴って、二度と姿を見せるな、と言うことができる。

……しかし……。

俺にとって一番の脅威《きょうい》となりえるのは、良い人間で、魅力的で、しかも晶也を本気で好きになってしまう男が現れることかもしれない。

……そんな男が現れたら……、

いきなり殴って撃退するわけにはいかないし、『俺を選べ』と晶也に強制することもできない。

……選ぶのは、晶也だ。……晶也は、俺を選んでくれるだろうか？

エレベーターが到着した振動。ゆっくりと扉が開く。

俺の目に、エレベーターの傍に駐車してある自分のマスタングが飛び込んでくる。

……なにをナーバスになっているんだろう？

俺は、一人で少し笑ってしまう。

……車に乗る。部屋に帰る。一時間もしないうちに、晶也に会えるのに。

「雅樹さん！」

ひと気のない地下駐車場にいきなり声が響き、油断していた俺は、驚いて足を止める。エレベーターの脇の柱の陰から、華奢な人影が姿を現す。

「……柏原くん……？」

そのまま勢いよく近づいてくる彼に、俺は思わず一歩あとずさってしまいながら、

「どうしたんだ？　こんなところで……君も車通勤？」

『違います！　あなたを待っていたんです！』

イタリア語になって叫ぶ。外国暮らしの長い彼には、日本語よりも話し慣れているのだろう。

『僕、あきらめませんから！』

『……え……？』

『あなたに恋人がいたって、あきらめません！　あなたのこと、愛してるんです！』

叫んで、いきなり俺の胸に飛び込んでくる。すがるように背中にまわる、華奢な腕。

晶也の『あなたが誰かに抱きつかれてるのを見るの、ちょっとショックだったかな』という言葉が、脳裏をよぎる。

『柏原くん。俺には恋人がいて、その人のことしか考えられない。そう言ったはずだよ』

言いながら彼の肩を摑《つか》み、きっぱりと引き剝がす。彼はつらそうな顔で俺を見上げ、

『あなただっていつかその人と別れるかもしれないでしょう？　僕、それまで待ちます！』

『待たないでくれ。そんな日は永遠に来ない』

俺は言いながら、ため息をつく。

彼はたしかに綺麗だし、きっと悪い子ではないんだろうし……だが、こんな言葉を口にできることじたいが、子供というか、勘違い青年というか……。

『はっきり言ったはずだ。もう一度言う。俺には恋人がいて、その人と俺は運命で結ばれている。……君には君の運命の人がどこかにいる。そしてその人は、俺じゃない』

『……雅樹さん……僕のこと、嫌いですか……？』

彼は、思いつめたような目で見上げてくる。

『君のことは別に嫌いではない。一緒にいい仕事ができればいいと思っている。だがそれ以上でもそれ以下でもない。今も、これからも』

『……そんな……』

悲しげな顔をする彼に、良心が少し痛む。しかし……、

『君が見ているのは、本当の俺じゃない。君が愛しているのは、自分が想像して作り上げた理想の人物像だ。それと俺を、勝手に重ね合わされても困る』

ヘンに優しくすることは彼のためにもならないんだ、と自分に言い聞かせ、俺は冷淡な声で言う。

『俺は本当は、冷酷で、計算高くて、神経質で、最悪の男なんだよ。君は俺のことを何も知らないじゃないか。愛しているもなにも……』

だから、知りたいんじゃないですか！

俺の声をさえぎって、彼がいきなり叫んだ。

『あなたは、イタリアでも逃げてばっかりで、せっかく日本に来たのに、やっぱり逃げてばっかりで、僕にホントの姿なんか見せてくれないじゃないですか！』

軽いだけだとばかり思っていた柏原のいきなりの激昂《げっこう》に、俺は言葉を失う。彼は、

『冷酷ってあなたが言うとこはクールに見えるし、計算高いってとこはやり手のビジネスマンに見えるし、神経質ってとこはこだわってるように見えるし！　そのうえ、背は高くてスタイル抜群で、スーツはいつもビシッと決まってて、超・ハンサムで、目がセクシーで……もう！』

柏原は、本気で怒ったような顔で、

『僕だって自分が格好悪いのわかってます！　追いかけてきたりしたらますます嫌われるんじゃないかとも思いました！　だけど、どうしようもないんです！』

柏原は、拳《こぶし》を握り締め、

『僕だって、早く僕だけを愛してくれる恋人が欲しいです！　だけど、このままじゃあなたのことしか考えられないんです！　あなたに愛してもらえるように、なんでもしちゃいそうです！　僕につきまとわれたくなかったら、僕にあなたの悪いところ、見せてください！　あなたを嫌いになれるようなこと、僕にしてください！』

その、考えてもいなかった突飛《とっぴ》な論理に、僕は呆然と、

『嫌いになれるようなこと……というと……？』

『そんなのわかりませんけど！　ええと、例えば……！』

彼は怒った顔で少し考えてから、

『デートしてくれて、エスコートが悪趣味だったら嫌いになるかもしれないし！　キスとかしてくれて、顔に似合わぬ不器用なキスだったら嫌いになるかもしれないし！』

『……は……？』

『あと、エッチがヘタクソだったら嫌いになるかもしれません！　……でもあなたってセクシーで、どう見ても上手《うま》そうだけど……あの、僕を相手に証明してくれませんか？』

頬を染めながら見上げてくる彼に、やっと我に返った俺は、深い深いため息をつく。

『……勘弁してくれ。どうして君に、俺が上手いか下手《へた》かを証明しなければいけないんだ？』

言いながら、車の鍵の入ったキーケースをポケットから取り出し、彼の脇をすり抜ける。

『仕事が終わったのなら、さっさと帰りなさい。……おやすみ、柏原くん。また明日』

『雅樹さん！』

車の鍵を開けていた俺は、彼の声に振り返る。彼はなんだか驚いた顔で、

『出し渋るってことは……あなたって、セックス、下手なんですか？』

俺の我慢の糸がプツリと切れる。思わず大きく息を吸い込み……、

「そうだ！　俺はデートは悪趣味だし、キスは不器用だし、セックスは下手で下手で、もう目も当てられないほど最悪なんだ！」

思わず日本語に戻って怒鳴《どな》ってしまってから、憤然《ふんぜん》とため息をついて、

『……これで納得しただろう？』

柏原は、しばらくきょとんと黙ってから、いきなりみるみるはにかんだように赤くなって、

『いいえ。よっぽど自信がなきゃ、そんなこと言えません。うわ、やっぱりあなたってすごく上手いんだ、どうしよう』

俺はまた息を吸い込んでしまってから、もう大人なのだから我慢しろ、と自分に言い聞か

せる。そのまま彼に背を向け、車のドアを開け、なにも言わないまま運転席に滑り込んでドアを閉める。

『あ、雅樹さん！』

エンジンをふかしていると、柏原が走ってきて窓ガラスを叩《たた》く。俺は、前を向いたまま、

『危ないから離れなさい！　おやすみ！』

叫ぶが、柏原は、なんだか困った声で、

『すみません、ちょっと頼みたいことがあるんです』

閉まった窓の外で言っている。仕方なくそちらを見ると、彼は窓を開けてくれ、という仕草をする。俺が電動の窓のスイッチを操作して窓を開けると、彼は言いにくそうに、

『あの……車で送ってくれませんか？』

『……なに？』

この期《ご》に及んでまだそんなことを、と俺は怒りそうになるが、彼は困ったような顔になって、

『僕、帰るお金が……あの、電車賃がないんです』

『……え……？』

思わず疑わしそうな顔をしてしまった俺を見て、彼は慌てて財布を出し、

『僕、日本に来て間もないから、お金をあんまり円に替えてなくて、定期ってものも買って

ないし……それに日本のランチがあんなに高いって知らなくて……』

彼が見せた財布は、本当に空《から》だった。わずかにコインが数枚、しかもほとんどがユーロだ。

俺は大学を卒業するまで日本にいた。だからイタリア本社から日本支社に異動して来た時には、ただ帰ってきただけという感覚だった。それでも久しぶりの日本に、だいぶ戸惑《とまど》った覚えがある。

彼は日本語は堪能《たんのう》だが、どうやら海外を転々とする生活が長かったらしく……ということは、生まれ故郷ではあっても、ここは異国の地に等しいだろう。

『すみません、こんなこと言って。でも僕、前から顔を知ってる人って、あなたとガヴァエッリ副社長しかいないし、まさか副社長にこんなこと頼むわけにはいかないし』

不安そうな顔になって言う彼に、俺はため息をつきながら、

『アントニオに言っても、彼はアテにならない。いつもリムジンでの送り迎え付きだから何も知らないよ。……ええと、送ってあげたいけれど、この車の助手席は恋人専用だから、非常時以外はあまり人を乗せたくない。帰りの電車賃を貸してあげるよ。……家はどこ？』

『ええと……たしか、代々木上原《よよぎうえはら》』

『たしか？』

俺が言うと、彼は本当に困った顔で、

『僕、親戚《しんせき》のうちに泊まってて……来る時は従兄弟《いとこ》のお兄ちゃんに車で送ってもらって……

ちゃんと帰りの道筋を覚えておけよって教えてもらったんだけど……僕、朝に弱くて……』

『帰り方もわからない？』

『ええと……実は』

えへ、と笑う彼に、俺はため息をつく。アタッシュケースからシステム手帳を出し、それを持って車から降りる。挟んであった都内地下鉄マップとボールペンを出して、ボンネットに置き、

『いい？　今は、この駅の傍にいる』

ボールペンで印をつけながら言うと、隣に来た彼は俺の手元を覗き込んで、

『あ、はい。……そうでしたっけ？』

自信なさげに言われ、俺はまたため息をつく。

……まあ、日本に来て数日では、わからなくても無理はないか……。

『ここから、一たん表参道《おもてさんどう》に出て、そこで千代田《ちよだ》線に乗り換えて……三つ目だ。わかる？』

『ええ。……ええと、多分』

俺は、内ポケットから財布を取り出して、五千円札を出すと、

『二百円もあれば足りると思うんだが……いちおう、何かあった時の用心のために。どうしても迷ってしまったら、タクシーに乗りなさい。親戚の家の住所はわかる？』

彼は、財布の奥にしまってあった紙片を出し、開いて中を確かめてからうなずく。

『それを運転手さんに見せれば、家に帰れる。……これを。返すのはいつでもいい』

地下鉄マップと五千円を差し出すと、彼はそれを命綱のように大切そうに受け取り、

『ありがとうございます。これで家に帰れます。ええと、でも、ここから駅までってどうやって行くんでしたっけ？』

その言葉に、俺はため息をつく。システム手帳の白紙部分を一枚破り、

『ここが会社。大きい道をたどって、この角で曲がって……ここに地下鉄の駅があるから』

『えーと。僕、方向オンチなんです。助手席に乗せて、送ってくれません？　……いいでしょ？』

ちゃっかりと言って、にっこりと笑う彼に、俺は今度こそきっぱりと言う。

『……ダメだ』

AKIYA・3

僕は、雅樹の部屋のドアの前に立っていた。

バーのそれみたいに洒落《しゃれ》た、黒鉄製の扉。隅の方に格好いいフォントで『KUROKAWA』と彫り込んである。

最初ここに来た時、僕はこのドアも部屋の中にある黒鉄のオブジェも、作家さんに頼んでオーダーで作ってもらった作品なんだと思った。どっちも一流の出来だし、そんな一流の人に頼めるなんて、すごくリッチなんだな、とか感心してたんだけど……。

実は、このドアも、内装のアクセントになっているオブジェも、雅樹が自分で作ったものだった。『芸大時代の友達の工房を借りて、お遊びで作っているだけ』なんて彼は言うけど……はっきりいって、こっちのアーチストになっても一流になれるくらいの作品だ。

ジュエリーだけじゃなくて、何をやってもセンスは抜群。デザイン画を描くだけじゃなくて、作りの方でも職人さん並みの技術を持っている。彼は本当に……才能溢《あふ》れる人なんだ。

僕の脳裏を、雅樹のお父さんで建築家、黒川圭吾さんの顔がよぎる。

「あのお父さんにして、この息子ありって感じ。……雅樹みたいなサラブレッドと、僕みたいな平凡な人が付き合うなんて……本当にいいのかなって感じがしてくるよね」

僕は呟きながら、手の中の鍵とキーホルダーを見つめる。

シンプルなシルバーのキーホルダーを、僕はずっと欲しかった。

だけど、いいデザインがなくて、あってもすごく高かったりして、なかなか買えなかった。

それを雅樹に話したのは、けっこう前のこと。

「……ずっと、覚えててくれたんだ。しかも、作ってくれてたなんて……」

なんだか、胸が熱くなる。

僕は少し赤くなりながら、鍵をドアの鍵穴に差し込んで、回す。

鍵を抜き、ドアノブを回そうとして……、

「……あれ……？」

ドアには鍵がかかっていて、ノブがまわらない。

……もしかして……雅樹が別の鍵を間違って渡してくれちゃったの？

もう一度鍵を差し込んで回すと……カチャリと音がして、ドアのロックが外された感触。

……ってことは……？　鍵は……もともと開いてた？

「今朝、鍵を開けっ放しで行っちゃったかな？　いや、雅樹がちゃんと閉めてたと思ったけど」

僕は、首を傾《かし》げながら鍵を抜き、

「もしかして、雅樹が先に帰って来てる？」

部屋に帰るのは九時頃になるかもって言ってたから、少し時間をつぶしてからここに来た。もしかして、会議が早く終わったとか？　でも今日の会議は定例のものじゃないみたいだったから、そんなに早くは終わらないはずで……、

「そ、それとも誰かお客さんが来てるのかな？　そしたら、僕がいきなり入っていったらヤバいよね……？」

僕は身をかがめて鍵穴から中を覗こうとするけど、そんなところから中が見えるわけがなくて……。

「……雅樹か？　そんなところで突っ立ってないで、さっさと……」

ドアノブがまわって、すごく渋い男の人の声。そして、そのまま勢いよくドアがこっちに開く。

だから、ドアに顔をくっつけていた僕は……、
ガツン！

「あうっ！」

頑丈《がんじょう》な鉄のドアが額を直撃して、僕は思わず叫んだ。

あまりの痛さに、僕は手に持っていた鍵を思わず落とし、額を押さえてそのまま床に座り

込む。

「……っつう……」

「ああっ！　悪かったっ！　大丈夫か？」

渋い声の主は、ものすごく慌てたように言って、僕の前にしゃがみこむ。

「悪かったね。大丈夫？　どこに当たった？　おでこ？」

胸から直接響いてくるような、低い声。うなずいた僕の顔を上げさせ、彼の滑らかな指が、額を押さえている僕の手をそっとどける。

「見せてごらん。ああ……血は出ていないけれど、すぐに冷やしたほうがいいな、痛い？」

「いえ、大丈夫です。すみません。僕がこんなところでボーッとしてたから……」

慌てて言うけど、あまりの痛みに声がかすれてしまう。彼は、

「謝らなくていい。悪いのはわたしだよ。痛い？　痛いね。ごめんごめん」

僕の髪を、慰《なぐさ》めるようにそっと撫でてくれる。

優しい手の感触、その美声は……なんだかすごく……雅樹に、似てる……？

「おいで。早く冷やさなければ。大丈夫？　立てるかな？」

僕は、おそるおそる目を上げる。

そこにいたのは、背の高い、雅樹によく似たすごいハンサム。

黒い瞳、高い鼻梁、きちんとカットされた黒髪にメッシュみたいな白髪が混ざってる。

やっぱり雅樹とよく似たがっしりした肩で、趣味のいい高そうなスーツを着こなしている。歳は四十代後半くらい。だけど、今でも現役モデルで食べていけそうな……、

「……く……黒川……圭吾さん……ですか……？」

呆然としたまま僕は言うけど……声が驚きにかすれてしまう。

そこにいたのは、雑誌のグラビアでしかみたことのなかった……雅樹のお父さん、黒川圭吾さんだったんだ。

彼は少し驚いたような顔をしてから、クスリと小さく笑って、

「わたしの顔を知っているということは、君は建築業界の人？　それとも雅樹の会社の人？」

彼に肘《ひじ》を支《ささ》えられて立ち上がりながら、僕はものすごくアセっていた。

だって……いきなり恋人のお父さんに対面しちゃって、しかも場所は恋人のマンションの部屋の前で、そのうえドアにおでこをぶつけるなんて格好ワルイところを見られちゃうなんて……。

「あ、ええと！　僕、黒川チーフの部下で、篠原といいます！　はじめまして！」

僕が必死で言って頭を下げると、

「……篠原くん……？」

彼は何かを思い出すように僕の顔を見つめる。それからふと端整な顔に優しい笑いを浮か

べて言ってくれる。

「はじめまして。よろしく」

改めて差し出された右手は、指が長くて、滑らかな皮膚《ひふ》を持っていて……すごく美しかった。

……ああ、雅樹の手に、よく似てる……。

「あの、こちらこそよろしくお願いします。黒川チーフには、いつもお世話になりっぱなしで……」

緊張しながらその手を握ると、その手のひらは少し冷たくて、さらさらと乾いてる。

僕の細い手をすっぽりと包み込むようにして、きゅっと握ってくれる。

……やっぱり親子なんだな。この握手の時の癖《くせ》まで、なんだか似てるみたい……。

「部屋に入って。おでこを早く冷やさないと」

僕から手を放した彼が、ドアを開けながら言う。僕は後ずさりしながら、

「い、いえ、僕、帰ります！　黒川チーフに、ちょっと仕事のことで用事があっただけなので……」

僕は言いながら辺りを見回し、少しはなれたところまで滑っていた鍵を見つけて、慌てて拾う。

「……鍵を持って？」

彼の言葉に、僕はそのまま硬直する。圭吾さんは、僕の手の中の鍵を見つめ、

「わたしに遠慮することはない。あの雅樹が鍵まで渡すなんて、よほど大事な用事なんだろう？」

「あ、いえ、別に……！」

……ああ、まさか、『僕はあなたの息子さんの恋人で、部屋に泊まりに来ただけです』なんて言えるわけないじゃないか！

圭吾さんは、僕のためにドアを開けてくれながら、

「入りなさい。君は篠原晶也くんだろう？　しのぶから『日本に行くなら、篠原晶也という青年に会え』と言われてきたんだよ」

「……え……？」

思わず青ざめた僕の背中を押して、彼はドアから部屋の中に入る。

圭吾さんの婚約者――ってことは、もうすぐ雅樹の義理のお母さんになる人なんだけど――の高宮《たかみや》しのぶさんは、僕が雅樹の恋人だってことを知ってる。

……もしかして、彼女は圭吾さんにそのことを話した……とか？

圭吾さんは靴を脱いで、廊下に上がる。僕も革靴を脱ぎながら、すごく混乱していた。

……もしかして、この人も僕と雅樹が付き合っていることを……知ってるの……？

しのぶさんは、僕と雅樹の関係に反対していた。

『あなたさえいなければ、雅樹はゲイになることはなかったんじゃないの？』と言われて、僕はボロボロに傷ついた。

だけどよく話し合った結果、彼女は僕が雅樹と遊びで付き合ってるんだと思い込んで怒ってただけなことが解った。

結局、彼女は義理の息子になる雅樹を大切に思っていたから言っただけで……。

最後には僕と雅樹のことを応援する、というようなことを言ってくれたし……。

だけど、彼女の言った言葉は、そのまま僕の心の底に、微かな不安とともにまだ沈んでいる。

……だって……彼女が言ったことは間違ってはいないし……。

……僕さえいなければ、雅樹は皆に祝福される結婚をして、可愛い子供を作ることだってできるのかもしれないし……。

「しのぶは、君のことをとても気に入っているようだ。君はきっと雅樹のいい友達なんだろうな」

「あ、いえ、友達だなんてそんな……僕は彼の部下で、お世話になってばかりで……」

言いながら、僕はちょっとホッとしていた。

……ああ、しのぶさんは、僕と雅樹の関係をまだ圭吾さんに言ってはいなかったみたい……。

圭吾さんは、廊下に上がった僕の背中に手をまわし、リビングに入っていく。僕をソファに座らせてから、素早くキッチンに入り、氷を入れたボウルとハンドタオルを持って帰ってくる。そのまま僕の前にひざまずいて、

「……手をどけてごらん」

優しく言われて、僕はまだ自分がおでこを押さえたままだったことに気づく。慌てて手を下ろすと、圭吾さんは、僕の顔をジッと見つめて、

「かわいそうに。赤くなってしまった。……今、冷やしてあげるからね」

慎重《しんちょう》な手つきで、僕の額に冷やしたタオルをそっと当ててくれる。

「……あ……」

「痛い？　本当に悪かったね」

「いえ、そんな。ボーとしていた僕が悪いんです。……すみません」

僕は少し赤くなってしまいながら、慌ててタオルを受け取って、自分で額に当てる。

雅樹は、圭吾さんとはあまり仲がよくないみたいなことを言ってたけど……雅樹と圭吾さんは……やっぱりよく似てる。この優しい話し方とか、包容力のありそうなところとか。

「大丈夫かな？　ガツンとすごい音がしたから……」

圭吾さんはすごく心配そうに、僕の顔を覗き込んで、

「目眩《めまい》はしない？　少しつらそうだね。ソファに横になったほうがいいかもしれない」

「あ、大丈夫です！　僕、けっこう石頭みたいです！」

慌てて言うと、彼はそのハンサムな顔に、いたずらっぽい笑いを浮かべ、

「そう？　でも用心のために」

彼の腕が、ソファと背中の間、それに膝《ひざ》の裏に差し込まれて、僕はすごく驚いてしまう。

「……え……？」

そのままふわりと少し持ち上げられるようにして、僕の身体がソファに横たえられる。

「……あ、あの……！」

このソファには、彼の部屋に来るたびにいつも座ってる。それどころか、この上で雅樹にアンナコトやコンナコトまでされちゃったこともある。だけど、今は、僕は単なる雅樹の部下で……、

「……え、ええと……！」

慌てて起き上がろうとする僕の肩をそっと押さえてとめ、彼は楽しそうな声で、

「遠慮しなくていいよ。雅樹は留守だが、この部屋代の支払いはまだ全部は終わっていないんだ。少しはわたしのものでもあるんだよ」

「……支払い……？」

僕は、つい聞いてしまう。彼は、肩をすくめて、

「雅樹は、いきなりこの部屋を買い取ると言って、お金を送り始めた。去年の十一月からか

な？」

「……去年の……十一月？」

……っていったら、ちょうど僕と雅樹が付き合い始めた頃だ。

「わたしもしのぶもイタリアだし、日本には、この部屋のほかにいくつか家を建てているんだ。ここは狭《せま》いし、そのうちに売ろうと思っていた。それまで勝手に住んでいいと言っているのに」

彼は、不思議そうに首をかしげて、

「『ここからの景色が好きなんだ。売るなら自分に売ってくれ』などと言い出して……それまで、景色なんかには少しも興味を示さなかったくせに」

……ここからの景色が……？

僕は、すこし呆然としてしまう。

……ここからの景色が好きっていうのは、僕の口癖で……、

「雅樹は、小さな頃から妙に冷《さ》めた子だった。そのあいつが、モノに執着《しゅうちゃく》するなんて、とても珍しいよ。どういう風の吹き回しなんだろうな？」

……もしかして……、もしかして、僕がこの部屋をすごく気に入ってるから……？

圭吾さんは、僕の額の上のタオルを取って、氷の入ったボウルの水に浸《つ》ける。濡れて額に張りついた僕の髪をすきあげてくれながら、

「晶也くん。雅樹は、会社ではどんなふうかな？」

少し真剣な声になって言う。

有名で、活躍中の一流建築家とはいえ……やっぱり、息子のことが気になるんだろうなあ。

「会社でですか？　……あ、すみません」

絞ったタオルを額に乗せてくれた彼にお礼を言ってから、僕は、

「黒川チーフは、すごくいい上司です。センスはいいし、仕事はできるし、上司からは信頼されてるし、部下からは慕われています。素晴らしい人だと思います」

僕が言うと、しかし彼はなんだか暗い顔になって、

「そうか。……雅樹は、わたしには壁を作って接しているようなところがある。最近はプライベートなことは全く話さない。やはり少し心配なんだよ。雅樹にはどこか冷淡なところがあるし、神経質だし、誤解されやすい。……あんな大きな息子を相手に、親バカ、と笑われそうだね」

フッと笑う彼に、僕は思わず身を起こし、

「そんなこと思いません！　彼は優しくて、思いやりがあって、こだわりがあって……皆わかってます！　彼が素晴らしい人だって！　僕だって彼のこと大好きだし！　大丈夫です！」

拳を握り締めて叫んでしまってから、僕はカアッと赤くなる。

……ああ！　僕、なに言っちゃってるんだろう？

「……す、すみません。僕、単なる彼の部下なのに、ナマイキなこと……」

「……こんなにいい友達を持って、雅樹も幸せだね」

圭吾さんは優しい声で言って、手を伸ばし、ふわり、と僕の髪に触れる。

「……あ……」

「これからも、不肖《ふしょう》の息子をよろしく。篠原くん」

彼は低い声で言って、優しい目をして笑いかけてくれる。

このあたたかい感じ……やっぱり彼は雅樹に似ている。

僕はまた、意味もなく赤くなる。

「……晶也！　来てる？」

いきなり、玄関の方から叫んでいる声がして、僕は驚いて飛び起きる。

……ヤバい！　僕と二人だと、雅樹はすぐにエッチなこと言おうとするし、そんなのお父さんの圭吾さんに聞かれたら、大変なことになっちゃう……！

「はいッ！　黒川チーフッ！　お邪魔してますッ！」

僕は叫んで、ソファから飛び下りる。全速力で広いリビングを横切り、廊下に走り出る。

玄関に立って靴紐《ひも》を解《ほど》いていた雅樹は、慌てて駆け寄る僕の姿を見ると、嬉しそうに笑って言う。

「部屋で君が待ってるというのもいいものだな。キスをするのが待ちきれなくて……」

「うわあああーッ！」

僕は思い切り叫び、それから人さし指を口に当てながら、玄関に脱いである圭吾さんの革靴を指差す。

圭吾さんの革靴は、サイズが雅樹のとほとんど同じだ。デザインも同じようなシンプルな紐付きのプレーントウ。イタリア製で上等の革でできていて、丁寧《ていねい》に磨《みが》かれた艶のある黒で……。

雅樹は、不思議そうな顔で、

「どうして俺の靴がこんなところに出してあるんだ？」

「……ち、ちがいます、ちがいます！　それ、あなたのじゃなくて……！」

僕が小声で言うと、雅樹の顔がいきなりこわばって、

「晶也……もしかして、俺の留守中に、ほかの男を……！」

「……ああー！　そうじゃなくて……！」

言っている僕のおでこのあたりに雅樹の視線が止まり、彼の顔がみるみる青ざめる。

「……晶也……そこを、どうしたんだ……？」

「あ……ちょっとぶつけただけで……いえ、そんなことは今はどうでもよくて……」

「よくはない！　どうした？　誰にやられた？」

「……わたしだよ」

僕の後ろで低い声がして、雅樹の視線が、僕の肩越しに流れる。

「……お父さん……」

呆然とかすれた声で呟いて、それから雅樹の顔が、みるみるうちに狂暴になる。

「……篠原くんに、なにをしたんです？　返答次第では、俺はあなたを許しません……」

猛獣が低く唸《うな》るような声で、雅樹が言う。そのあまりの怒りの形相《ぎょうそう》に、僕は焦りながら、

「ちがいます、黒川チーフ！　僕がボーッとしてて……！」

「……わたしが篠原くんを殴った、と言ったら、どうする？　雅樹」

圭吾さんの言葉に、僕は驚いて振り向く。彼の表情は、さっきまでとは別人みたいに冷淡で……。

でもどこか、悲しげな翳《かげ》を浮かべていて……。

無言のまま、勢いよく踏み出した雅樹の腕に、僕は慌ててすがりつく。

「待ってくださいッ！　ちがいますッ！　そんなことしてませんッ！」

前に、ナンパされたしのぶさんを助けようとした僕が逆にチンピラに襲われちゃった時も、僕がボーッとしてて辻堂さんって人に押し倒されちゃった時も、雅樹は助けに来てくれて……すごく強力な右ストレートで、相手をブン殴って倒しちゃって……。

……雅樹が圭吾さんを殴ったりしたら、タイヘンなことになっちゃう……！

僕は雅樹を見上げ、必死で、

「僕がドアの鍵を開けようとしてたら、圭吾さんがドアを中から開けてくれて……それが当たっちゃっただけなんですっ！　彼は親切にしてくれて、ちゃんと冷やしてくれていたんですっ！」

叫ぶと、雅樹は僕に視線をうつし、本当かどうか見定めるようにジッと僕を見つめてから、

「……本当に……？」

「本当ですってば！　あなたのお父さんが、そんなことするわけないじゃないですか！」

泣きそうになりながら言う僕を、雅樹はしばらく見つめ、

「……それならいい……」

やっと肩の力を抜くようにして、ため息交じりに言う。それから、

「おいで。額を冷やさなくては」

「いえ！　僕、そろそろ帰った方が！」

「おいで」

慌てて逃げようとする僕の肩を抱き、雅樹は圭吾さんの脇をすり抜ける。

僕をソファに座らせて、額に濡れタオルを当ててくれながらも、雅樹は無言だった。

圭吾さんも、さっきの人好きのするあたたかい感じとはうってかわった厳しい表情をしていた。

僕は、その間に挟まれるようにして、内心冷や汗を流していた。

……あんまり仲がよくないみたいなことを言ってたけど……この雰囲気って……。

「……雅樹」

リビングのドアのところに立っていた圭吾さんが、硬い声で言う。

「彼を、篠原晶也くんを、おまえの口から正式に紹介してくれないか？」

その言葉に、僕はビクンと飛び上がる。

……それって……？

雅樹は顔を上げ、挑《いど》むように真っ直《す》ぐに圭吾さんを見つめると、

「篠原晶也は、会社の部下であり……俺の恋人です」

きっぱりと言い切られた言葉に、僕は失神しそうになる。

……う、うそ……！

……いきなり、カミングアウトしちゃった……！

圭吾さんは、自分の耳を疑うように眉をひそめ、それから、

「わたしの聞き違いかな？　彼を恋人だと言ったようだが？」

「聞き違いではありません。彼は俺の恋人です」

圭吾さんは、その言葉の意味を推《お》し量るようにしばらく黙る。

その顔を無表情に見つめながらも、雅樹は少し青ざめ、頬をこわばらせている。

こんな顔をする時の雅樹は……本気でなにかを決心してるんだ。

……雅樹は、軽い気持ちでカミングアウトしたんじゃない。

僕は、圭吾さんの反応も、浴びせられるかもしれない拒絶の言葉もすごく怖かった。

でも雅樹の真摯な気持ちがジワリと沁《し》みてくるようで……なんだかすごく嬉しかった。

圭吾さんはそのまま雅樹の顔を見つめ、それからおもむろにフッと笑うと、

「冗談はやめてくれ。男同士で恋ができるわけがないだろう」

雅樹の拳が、一瞬ぐっと握り締められる。なにかに耐えているような震える声で、

「……冗談ではありません。俺は晶也を愛しています。一生、彼と一緒に暮らすつもりです」

「篠原くん」

圭吾さんの視線がふいにそれ、僕にピタリと合わされる。僕は雅樹の隣で身をこわばらせる。

「今、雅樹が言ったことは、本当？　さっき君は、雅樹のことを単なる上司だと言ったけれど？」

光る瞳でまっすぐに見つめられ、全身から血の気が引く。僕は、かすれた声で、

「……すみません、僕、勇気がなくて言えなかったんです……でも……」

それでも、せいいっぱいの勇気を振り絞った僕は、彼を見上げて、

「……僕は、雅樹さんの恋人です。彼を愛してます」

圭吾さんの顔に、つらそうな翳が一瞬よぎる。だけど彼は、すぐにまた冷淡な無表情に戻って、

「二人とも、子供のようなことを言っていないで、さっさと目を覚ましなさい」

息を呑《の》んだ僕と雅樹に、圭吾さんは冷たい目と無慈悲な声で、

「ゲイなんてわたしには理解できないし、認めることもできないよ」


シャンパンの泡が、キラキラと光りながら上っていく。

蠟燭《ろうそく》の光と夜景を反射して、小粒のメレーダイヤみたいにキラめいている。

僕のアパートまで送ってくれる途中。僕らは、初台《はつだい》にある夜景の綺麗なレストランに入った。

高層階にあるそのレストランの大きな窓からは、すぐ傍に、新宿パークタワーの光が瞬いて見える。そして明かりを点《とも》した東京都庁。その向こうには、都心の夜の光が遠くまで広がっている。

けっこう美味しいイタリアンとシーフードで有名な店なんだけど……二人の間に並んだいくつもの料理は、ほとんど手をつけられないまま、ゆっくりと冷めていく。

「……悪かった、晶也……」

「……なにがですか……？」

テーブルの上のクリスタルグラス。静かに揺らして、上る泡を見つめながら、僕は聞く。

「さっき、父が言ったこと」

答えた雅樹の声は、すごく苦しげで、僕の心まで痛ませる。

テーブルクロスの上に置いた僕の左手に、そっと彼の手が重なってくる。

さらさらと乾いて、少しひんやりとした彼の手の感触。

でも、その手のひらは、僕の心をゆっくり熔《と》かしてくれるような熱を、その奥に宿している。

僕はやっと顔を上げ、雅樹の顔を見ることができる。

蠟燭の光に照らされた、すごくハンサムな彼の顔。でも少し、疲れているみたいに見える。

「……彼の言ったことは、間違いではありません。僕がもし女の子だったら、あるいは僕らがこんな関係になっていなかったら……圭吾さんはあんなことを言う必要もなかったんです」

一気に言うと、雅樹の顔がつらそうに歪《ゆが》む。僕は、彼の顔を見つめて、

「でも、雅樹……僕、ホントはちょっと嬉しかったんです」

言いながら、僕は彼の指をそっと握りかえす。

「圭吾さんに言われたことはつらかったけど……、でも僕、あなたが正直にカミングアウト

してくれたことは……なんだか嬉しかったんです」

「……晶也……」

「あなたは、お父さんの圭吾さんと仲が悪いみたいに言うけど、そうじゃなくて、あなたはずっと彼のことにこだわっているんじゃないかと思います」

雅樹の目が、とても驚いたように見開かれる。僕は、

「あなたはよく『父親にだけは負けたくない』って言いますけど、それって彼を目標にしてるってことですよね？　世界の黒川雅樹が、ただ一人、目標として認めた人だってことですよね？」

雅樹は少し呆然としたまま、その言葉を考えるようにしばらく黙る。それから、

「……そう……なのかな？」

「そうだと思います。あなたにとって、黒川圭吾という人間は、特別なんです。その人に、僕が恋人だってことを正直にカミングアウトしてもらえて……嬉しかったです」

雅樹の、蠟燭の明かりを反射した黒曜石みたいな瞳が、決心したように強く光って見える。

「俺はあきらめない。父親を説得して、君との関係を認めてもらう」

僕は、なんだか泣いてしまいそうになりながら、少し笑う。

「皆に認めてもらえて、いつも一緒にいられて……そんな日がきたら、どんなに幸せでしょう」

「そんな日は来る。あきらめなければ、きっと。……俺を信じてくれ、晶也」

彼の、真摯な低い声に、胸が熱くなる。僕はうなずいて、

「あなたを信じます、雅樹」

僕と彼の視線が絡《から》み合う。彼の眼差しは、強くて、熱くて、濡れているみたいにセクシーで……、
鼓動が速くなってしまった僕は、慌てて握られていた手を引く。赤面してしまいながら、

「こんなところで手なんか握り合っていたら、ほかのお客さんに見られてヘンに思われちゃう！」

雅樹は不満そうに眉をつり上げてから、カップルの多い店内をチラリと見回して、

「なんと思われても関係ない。それに、誰もほかのお客のことなど見やしないよ」

そんなことはない。モデルさんみたいに超・格好よくて、ハンサムな雅樹が歩くと、女の子はカレがいたってお構いなしで、憧れの目でずうーっと見つめてたりするんだから。

そんなことには全然気づいてないらしい雅樹は、手を伸ばして僕の前髪をそっとかき上げ、

「ここは大丈夫？　もう痛くない？」

「ぶつけてちょっと赤くなっただけです！　もうゼンゼン大丈夫だって言ったのにー！」

僕の額には、冷却ジェルつきの『お子様用・お熱ひんやりシート』が貼《は》りつけられていた。

僕は恥ずかしいって言ったんだけど、雅樹がどうしてもダメだって言って。途中の薬局で

ムリヤリ買ってきて。……まったく。過保護なんだから！

また赤くなってしまった僕を見て、雅樹が優しい顔で笑う。それから、

「たまに君はとても深い言葉を言うから、少し驚く。でも、さっきの君の言葉には間違いが一つ」

「え？」

「俺がライバルだと認めているただ一人の人間だ、って君は言ったけれど、ほかにもう一人、俺がライバルだと認めた人間がいる。……というか、俺の中では、俺は彼に完敗している」

その言葉に僕は驚いて、それから少し青ざめる。

……誰だろう？　あの迷惑な辻堂さんのこと？　それとももっと強力な人が……？

「……それは君だよ、晶也。君は、俺が唯一、負けたと思ったデザイナーだ。そのセンスにも、どんなものにも手を抜かない姿勢にも、俺はもう完全に負けたと思っている」

言ってから、雅樹は少し照れたようにふと笑い、セクシーに抑えた声で、

「それだけでなく、その色っぽさにもすぐ負けてしまうけれどね。……違うイミで」

……また、そんなこと言ってからかって……！

雅樹は、笑いながら、自分の分のレモンペリエのグラスを持ち上げて、

「すっかり忘れていたな。……乾杯しよう。なにに？」

僕も笑いながらシャンパンのグラスを持ち上げ、少し考えてから、

「僕のためにキーホルダーまでデザインしてくれた、優しいデザイナー、マサキ・クロカワに」

「優しくはない。ちゃんとお代はいただくつもりだから」

僕は驚く。雅樹みたいな有名なデザイナーに、もし個人的にオーダーなんかしたら……、

「お金じゃなくて、もちろん、いつもの方法で」

いたずらっぽく片目をつぶられて、僕はカアッと赤くなる。雅樹は、

「それから君の仕事にも乾杯しよう、タイアップ企画が決まってよかったね、君のデザインで」

僕の心臓が、ズキンと痛む。

少ししか見せてもらえなかったけど……あの商品の出来は……はっきり言って悪かった。

あれを見たら、雅樹はなんて言うだろう？　考えるだけで、身体が冷たくなるような気がする。

雅樹に相談した方がいいんだろうか？　でも……。

もうあの商品は、別の課にまわってしまって、撮影も終わり、量産もされていて……。

泣きそうにしていた職人の新見さんの顔が、脳裏をよぎる。

それから、柏原くんの『ビジネスってそんなもんじゃないですか？』って声も。

……そう。彼がいったように、そんなにこだわってもしょうがないのかもしれない……。

僕は思いながら、グラスを上げてしまった。

あとで、それを、とても後悔することになるとは知らずに。

MASAKI・3

晶也をアパートまで送る途中。

彼は、やはり父親の言ったことを気にするかのように、少し無口だった。

……俺は、どんな形であれ、晶也を苦しめる人間が許せない。

俺の心に、無慈悲な言葉を吐いた父親に対する怒りが湧《わ》いてくる。

いつもにこやかで、少しボーッとしている晶也。人の苦しみや悲しみとは無縁の場所で生きているように透明で穏《おだ》やかな印象を受ける。

……しかし彼は、本当は……。

ほかの人にとても気を使う晶也は、どんなにショックを受けた時でも、その激しい感情を自分の中だけに閉じ込めてしまおうとする。

そのために自分がボロボロになっても、自分一人で耐えようとする。

誰にも心配をかけないように、その傷を必死で隠しながら。

こんな状態の彼の心を開かせ、感情を外に出せるようにしてやるのは、恋人である俺の責任だ。

彼の心はまるで不純物を全く含まないダイヤモンドのように透き通り……しかし、本当に脆《もろ》い。

少しでも油断して乱暴に扱ってしまうと、彼を傷つけることになってしまう。

……彼を……傷つけたくない……。

俺が言葉を選んでいるうちに、車は晶也のアパートの前に着いてしまう。

「送っていただいて、ありがとうございました」

ドアロックを外した晶也が、運転席の俺の顔を覗き込んで、

「泊まってってくださいって言いたいんですけど……このまま帰らなかったら、お父さんと喧嘩したまま出てきたみたいになっちゃって、ますます気まずくなりますよね？」

俺を気遣《きづか》う優しい口調。だが、少しだけ不安そうな翳りがある。

「……晶也」

「はい？」

エンジンを切り、俺は助手席の晶也を振り向いて、

「……愛してる」

「……雅樹……」

なんだか泣きそうな顔をする晶也を、俺は思わず引き寄せ、そのまま抱きしめる。

「……誰がなんと言おうと、俺には君だけだ」

言って、その柔らかな髪に唇を埋《うず》める。晶也は俺の肩に頬をすりよせ、

「……僕も、あなたのこと愛してます。……でも、僕なんかがいたから圭吾さんは……」

晶也の言った、でも、という一言に、氷のように冷たい不安が心をよぎる。

俺は人さし指を上げ、彼の唇にあてて、その言葉をさえぎる。

「……愛してる、のあとに、でも、なんて言わないで」

言うと、彼は身じろぎをして、その琥珀色の瞳で俺を見上げる。

それから、キスをねだるように、長いまつげをそっと閉じる。微かな声が、

「……わかりました。愛してます、雅樹」

俺はもう何も解らなくなって、その柔らかな唇に唇を重ねてしまう。

晶也の唇から、甘い吐息がもれる。俺はそれも吸い取るようにして、深いキスを繰り返す。

「……ん、んん……」

手の中にある、スーツ越しの華奢な肩。唇が触れるたびにピクンと震える。

その反応は、ベッドの中での彼を否応なしに連想させ、俺の頭を霞《かす》ませる。

俺は、ひと気はないといえ往来に停《と》めた車の中にいることも忘れ……その柔らかな唇を貪《むさぼ》り、小さな舌を舌ですくい取ってしまう。

そっと絡め、吸い上げると、彼の肩がひときわ大きく揺れる。

「……んん……」

晶也が、微かに身じろぎをする。

唇を離して見下ろすと、彼は街灯の光に照らされた頰を、綺麗なバラ色に染めている。

またキスをしようとして顔を近付けると、恥ずかしそうに抵抗して、

「……あなたって、本当にワルい上司です。こんなところで、こんなに熱烈なキスをするなんて」

「……こんなところ？　ここじゃなかったら、いい？」

囁くと、彼の頰がまたひときわ赤くなる。

「よくはないです！　でも……ちょっとだけなら……部屋に来てもいいですけど……」

仕方のない人だなあ、と言いたげな笑いをその綺麗な顔に浮かべる。

俺はもう一度彼に顔を近付け、その唇にチュッと軽いキスをする。

「……あ！」

怒った顔で睨む晶也に笑ってしまいながら、俺は車のキーを抜いて、

「少しだけ、部屋に入れてくれ。でないと、ワルい上司はここでなにを始めるかわからないよ？」

「……ん……」

晶也の部屋に、押し殺した甘いため息が響いている。

「……んん……雅樹……」

靴を脱ぎ、部屋に入ったとたん、俺は晶也を抱き上げた。

彼が驚いている間に、リビングを抜け、ベッドルームに運び……。

ベッドに下ろし、そっと押し倒しただけで、彼は恥ずかしげに甘いため息を漏らした。

「……愛してるよ、晶也……」

ベッドの脇の窓から、街灯と月の明かりが差し込んでいる。

しどけなく横たわった晶也が、微かな明かりに照らされている。

枕に広がる艶のある茶色の髪。はだけた襟元からのぞく鎖骨が、気が遠くなるほど色っぽい。

綺麗な首筋にそっと舌を這《は》わせると、彼の身体がピクン！ と反応する。

彼のシングルサイズのベッドが、二人の動きに合わせて微かに揺れる。

ごく一般的なアパートの一室であるこの部屋に、俺の部屋にあるような防音設備はない。

隣室に聞こえないように自分の手を唇に強く当て、晶也は甘い声を必死で押し殺している。

俺の部屋にいる時の、甘い喘ぎを隠さない晶也もとても魅力的だ。

だが、身体を熱くし、困ったようにかぶりを振って微かに抵抗する晶也は、本当に可愛い。

ワイシャツの裾《すそ》がめくれて、白い肌が見えている。

差し入れた手を、細いウエストに滑らせる。

そのあたたかくきめの細かい肌は、ベルベットのように上等の手触りだ。

指が覚え込んだ、彼の感じてしまう場所。そっと触れると、彼の身体がピクンと跳ね上がる。

「……ん、や……あ……ん！」

俺は顔を下ろし、そこにそっと歯をたててから、

「……いや？　本当にいやなら、やめるけれど？」

「……ん、イジワル……あ、ん……！」

ワイシャツの上に唇を滑らせ、尖《とが》った乳首を探り当てる。布越しに甘噛《あまが》みすると、

「……ああ……！」

感じやすい晶也は、それだけでたまらなげな吐息を漏らす。

片手をそっと動かし、スラックス越しに、彼の形を確かめる。

「……あっ……！」

そこはもう堅く熱を持って、俺を待つように震えている。

手のひらで包み、きゅっと握り込むと、

「……だめっ、雅樹ぃ……」

言って、かぶりを振る。しかし言葉とは裏腹に、彼の手は俺の肩を引き寄せてしまってい

る。

熱を増すように指を上下にそっと動かすと、晶也は切羽《せっぱ》詰まった喘ぎを漏らし、

「……ああ、ん……」

「晶也、可愛い。……このままイかせてしまいたい」

「……だめ……服が……汚れる、し……」

切れ切れに囁く彼に、俺はキスをして、

「わかった。ちゃんと脱がせてあげるから、大丈夫」

「……ん……そうじゃなくて……」

彼の力ない抵抗を片手で封じ込め、空いている方の手で、ワイシャツのボタンを全て外す。

唇で布地を分けると、クリームのように滑らかで、あたたかな乳白色をした肌が現れる。

すんなりとした首には、彼の二十四歳の誕生日に俺が贈《おく》ったプラチナのチェーン。

その先に通された、約束の印のリング。

ほのかな明かりを反射させている銀色のリングは、彼の肌の色にとてもよく合っている。

……俺の作品の中で、本当に一番の出来だ。

俺の胸が熱くなる。

彼のためにこれをデザインできただけでも、苦しみながらデザイナーになった意味があった。

……というより……、

俺は彼の首の後ろに手をまわし、チェーンの留め金を外す。

……晶也の美しい首に、自分の作品を飾れたことは、俺の生きている意味にもつながっている。

肌にそっとチェーンを滑らせると、その感触がくすぐったかったのか、晶也が首をすくめて笑う。

かすれた甘い声で、

「ずっとしてるから、身体の一部みたいになっちゃって。外されると……なんだか恥ずかしい」

俺は手を伸ばして、チェーンとリングをベッドサイドのテーブルの上にそっと置き、

「俺以外の男に外させたら、許さないよ」

「……んん……やきもちやき……」

優しい目をして言う。

無防備な晶也の裸の上半身は、白く、美しく透き通って、不思議なほどの色気がある。

珊瑚色の胸の飾りが、挑発するように可愛く尖って、俺の欲望をかきたてる。

そっと唇を下ろし、舌で先端を舐《な》め上げると、手に包んだ彼自身が、クンッと反応する。

「……んっ……だめ、ですっ……！」

「わかった。全部すぐに脱がせてあげるよ」

「……ああ……違いますってば……！」

ベルトの金具を外し、スラックスのボタンを外す。

力なく抵抗する彼に構わず、ファスナーをゆっくりと引き下ろす。

「……あ……」

晶也は、恥ずかしそうにきゅっと目を閉じ、珊瑚色の唇から甘い吐息を漏らす。

「……愛してるよ……」

囁きながら下着の中に手を滑り込ませると、晶也は一瞬息を呑む。

直に触れると、熔けそうなほど熱い彼。

指を絡ませると、彼の背中が、しなやかにのけぞる。

「……んんっ……！」

逃げようとして腰が浮いたすきに、ベッドと彼の身体の間に、腕を入れる。

手をまわし、逃げられないようにしっかりと腰を抱きしめる。

追いつめられた獲物のように身を震わせる晶也に、深いキスをする。

「……ん……」

舌をからませると、抱きしめた晶也の体温が上がっていく。

布地の下に滑り込ませた指。刺激を待って滲《にじ》んでいる蜜を、そっとすくいとる。

敏感な先端に塗《ぬ》り込めると、晶也の腰が、ビク、ビクン！　と跳ね上がる。

「……感じた？」

唇を離し、耳元にそっと吹き込むと、晶也は弾《はず》んでしまっている息の下で、

「……あ……だめです……もう……」

「……もう、なに？」

顔を覗き込むと、晶也は困ったような顔で、

「……キスしただけで感じちゃうのに……こんなことされたら、僕、イキ……」

言いかけてから、ふいに照れたように言葉を途切れさせる。

「……イキそう……？」

囁くと、晶也は白い肌を綺麗な桜色に染める。

そして震えがくるほど色っぽい目をして、俺を睨む。

ふいに恥ずかしげに目をそらし、イジワル、と甘い声で呟く。

その声に最後の理性が吹き飛び、俺は飢《う》えた獣のように彼に襲いかかる。

彼の美しい肌を隠すものを全て剝ぎ取り、指と舌と唇で、彼を追い上げる。

見つけ出した彼の敏感な箇所を、余すところなく、容赦《ようしゃ》なく責める。

「……あ、あああ……んっ……！」

彼は切なく喘ぎ、しなやかにのけぞり、俺の手の中に熱い蜜を放った。

「……ん……雅樹……！」

俺の指を受け入れている晶也が、今にも泣き出しそうに潤んだ目で見上げてくる。

「……ん……？」

「……雅樹……あの……お願い……」

その頬を美しい桜色に染め、彼はかすれた声で恥ずかしげにくちごもる。

「……なに……？」

聞くと、彼は俺の肩にまわした手に、きゅっと力を込め、

「……もう……大丈夫ですから……」

「……なにが……？」

わざととぼけると、晶也は怒った目で俺を見上げて、

「イジワル！　わかってるのに、わざととぼけてますね？」

「さあ。どうかな？」

言いながら、敏感な部分を刺激してやる。それだけで、彼はもう身体をとろけさせ、甘い声で、

「……いや、いや……きて……お願い……！」

「……いいよ。でも、愛してる、とお願いのキスは……？」

言うと、晶也は、潤んだ美しい瞳で俺をまっすぐに見つめ、

「……愛してます……」

微かな声で囁いて、照れたような仕草で俺の首にしなやかな手をまわす。

俺の顔を引き寄せるようにして、唇を合わせる。

力を抜いた歯の間から、そっと滑り込んでくる、小さくて濡れた舌。

必死で俺の舌を舐め上げ、懇願《こんがん》するようにからませてくる。

技巧を知らないそのたどたどしい動きが、俺の胸を熱くする。

「……お願い……」

唇がまだ触れ合ったまま、吐息だけで囁かれ、俺はもう何も解らなくなる。

全てを脱ぎ捨て、彼にのしかかる。

どこもかしこもしなやかで美しい彼の身体。欲望に、気が遠くなりそうだ。

俺は、彼が潤《うるお》ってほぐれているのを確かめてから、押し当てる。

「……んっ……」

晶也は、ほんの少し腰を進めただけで、身体をこわばらせ、痛みの予感に俺の肩にすがりつく。

「……愛してるよ……」

彼が安心できるように抱きしめ、囁いてやる。

ぴったりと寄せ合った肌から伝わってくる、晶也の鼓動が速い。

恋人同士になってから、数え切れないほど身体を重ねた。

存在を確かめ合うように、俺たちは何度も一つになってきた。

初めての時は、そうとうの痛みがあっただろう。しかし、晶也は我慢強く耐え、俺を受け入れてくれた。

「……んんっ……」

あの時と変わらないほど狭く、熱い彼が、苦しげに俺を締め付ける。

いまだに慣れることのない晶也は、息を呑み、つらそうにその美しい眉を寄せる。

「……晶也……息を吐いて……力を抜いて……」

言うと、彼は、震えながら息を吐き、

「……あ……きて……大丈夫だから……」

かたく目を閉じたまま、しかし気丈に呟く彼を抱きしめる。綺麗な形の耳に、

「……愛してるよ……」

囁いてやると、彼の身体がピクリと反応する。

晶也は恥ずかしげに肌を染め、おずおずとこわばりを解き、ゆっくりと俺を呑み込んでいく。

「……愛してるよ、晶也……」

深いところまでたどり着き、抱きしめると、さっきまで苦しげだった晶也の形のいい唇から、濡れた吐息が漏れる。

そっと動かすと、その華奢な首筋をそらして、甘い声を上げる。

「……あ……ああ……！」

あごの先にキスをすると、俺を熱く締め上げてくる。

「……つらい……？」

聞くと、長いまつげの目をぎゅっと閉じたまま、彼が激しくかぶりをふる。

しなやかな腕を俺の首にまわし、引き寄せ、必死のキスをする。

キスを繰り返しながら、吐息まじりの囁きが、

「……もっと……お願い……もっと……」

……ああ……。

そんな声を出されたら……。

俺の最後の理性が真っ白に発光し、そのまま簡単に焼き切れる。

身体をつなぎとめるように強く抱きしめ、俺は彼を激しく貪ってしまう。

「……あっ……あっ……！」

晶也は、助けを求めるように俺の首に手をまわし、たまらなげに、熱く、強く、締め付けてくる。

「……んんっ……イ……イッちゃうっ……雅樹っ……！」

晶也の唇から、切羽詰まった甘い喘ぎがもれる。

「……まだだ……イクときは一緒だ……もう少し我慢して……」

囁いて、柔らかな耳たぶをそっと噛むと、腕の中の彼の身体がピクンと大きく跳ね上がる。

「……愛してるよ、晶也……」

俺を信頼しきり、身体を開き、受け入れ……そして快感を共有してくれる、彼が愛しい。

俺と会った時、晶也はゲイではなかった。そればかりでなく、キスまでしかしたことがないという純情な青年だった。俺さえ現れなければ、晶也はゲイになることなど絶対になかっただろう。

……しかし……。

君を手放せということは、俺に死ねと言うことと同じだ。

呼吸を乱し、鼓動を速くし、俺に感じて……甘くきつく締めつけてくる、彼が愛しい。

愛してる、と囁くと、彼の全身に震えが走る。俺の身体を、不思議なほどの快感が貫《つらぬ》く。

「……あっ、ああっ、まさきぃっ……！」

晶也が切羽詰まった甘い声を上げ、俺にすがりつく。俺も、愛しい人をしっかりと抱きしめる。

俺たちは、救いを求めるように固く抱き合ったまま、同時に高みに駆け上った。

シャワーの後。ベッドに座ったバスローブ姿の晶也が、すがるような顔で俺を見上げている。

ネクタイを締め終わった俺は、不思議なほどの寂寥《せきりょう》感に襲われながら、

「……一人で眠れる？」

晶也は、唇に微かな笑みを浮かべて、

「……子供じゃないんですから」

俺の心に、彼との初めての夜のことがよぎる。

初めて一つになった後、俺は彼を抱いてバスルームに連れて行き、「一人でお風呂に入れる？」と聞いた。晶也は可愛い声で「子供じゃないんですから」と答え……、

あの時の、幸せそうにはにかんだ笑顔を思い出す。

同じ彼は、今、こんなに寂しげな顔をして……、

俺は晶也の隣に座り、ひんやりとしたその身体を抱きよせる。

「……そんな顔をしないで。とても置いて帰れないよ」

「……雅樹……」

晶也は、そっと俺に身体を預け、俺の上着の肩に頬を埋めて、

「……愛してます、雅樹……」

「……俺も愛してるよ、晶也……」

……ああ、今夜の彼は、どうしてこんなに儚《はかな》げなんだろう？

……なんだか……このまま消えてしまいそうだ。

晶也と一緒だった、今日までの幸せな日々が、全て夢だったような気がしてくる。

……もし、この幸せが、夢のように消えてしまったとしたら……？

俺は身を震わせ、腕の中にいる晶也を強く抱きしめる。

……そんなことになったら……俺はとても生きていけないだろう……。

プルル！　プルルルル！

いきなりベッドサイドの電話が呼び出し音を鳴らし、腕の中の晶也が驚いたように飛び上がる。

それから、照れたようにクスリと笑って、

「……びっくりしたー。アンナコトしたあとだと、なんだか後ろめたいですね」

言いながら手をのばし、受話器を取る。

「はい、篠原です。……あ、慎也《しんや》兄さん！」

晶也は、嬉しそうに笑いながら、

「……え？　日本に来てるの？　お休みがとれた？　本当？」

晶也の兄の慎也氏は、アメリカーナ・エアラインでパーサーをしている、ハンサムな好青年だ。しかし、たいへんな弟思いで……というか、『うちの晶也に手を出した男は容赦なくブン殴る』というのが口癖で……ほとんど、ブラザー・コンプレックスの域《いき》に達している。

エアポートで晶也とキスをしているところを慎也氏に目撃され、俺はすんでのところでボクシングのプロライセンスを持つ彼に、本気で殴られるところだった。

その後、辻堂がらみの事件の時に、俺と晶也が恋人同士なのが本格的にバレてしまった。

今のところ、なんとか殴られるのだけは避《さ》けられているが……まだ関係を認めてもらったわけではない。かろうじて保留、というところだろう。

それも、晶也が『つきあっているといっても、まだキスしかしたことがない』とごまかしているからで……キスどころか、アンナコトやコンナコトまでしていることが彼にバレたら……俺は、殴られるくらいではすまないだろう。

「もう東京にいる？　今夜はここに泊まるんでしょ？　早く来ればいいの……え……？」

楽しげに言っていた晶也が、ふいに言葉を途切れさせる。不思議そうな顔で相づちを打ち、

「うん。わかった。……ねえ、兄さん」

晶也は、なんとなく心配そうな声になって、

「なんだか変。疲れてるの？　……うん、そうだよね、ロング・フライトの後だもんね」

そして、思わず嫉妬《しっと》してしまいそうなほど、甘く優しい声で、

「……ゆっくり休んで。明日、泊まりに来て。……はい。おやすみなさい」

そっと受話器を戻してから、嬉しそうな顔で振り向いて、

「兄さんが、日本に来てるんです！　木曜日までお休みがとれたって！　嬉しい！」

さっきまでの不安そうな翳はその顔のどこにも見当たらず、俺は少なからず慎也氏に感謝する。

笑いながら、晶也を引き寄せて、

「そんなに嬉しそうな顔をされると、嫉妬してしまうよ」

晶也は、可愛い声でクスリと笑い、

「……やきもちやき！」

「そうだよ。俺は恋に落ちた男なんだ。君の目が向くもの、全てに嫉妬する。それが雑誌だろうがトモダチだろうが、お兄さんだろうが、関係ない」

「……もう！」

晶也は笑いながら俺の顔に顔を近付け、照れたようにそっとキスをしてくれる。

「僕がコンナコトするのは、世界中であなた一人だけなんですよ。……それでもまだ妬《や》くの？」

琥珀色の瞳で見つめられ、優しく微笑《ほほえ》まれて、あまりの愛しさに、胸が痛くなる。

……その笑顔がどんなに俺を救っているか、君は解っているだろうか……？

晶也という存在が俺の人生に現れる前のことを思い出すと、心が凍《こお》りつきそうになる。

俺は、戦い、憎《にく》み、人を傷付けてでものし上がろうとしてきた男だ。

あまりに大きい、父親の影につぶされないように、必死であがきながら。

「……晶也、愛してるよ」

俺は、心から囁く。晶也は、微笑みを浮かべながらうなずき、

「……僕も愛してます。ねえ、雅樹……あなたも……」

「……ん……？」

晶也は、少し照れるように間を置いてから、

「……コンナコトするの、僕だけですか？」

俺は、ベッドサイドにあった、リングを通したチェーンを手に取る。

「そうだよ、約束しただろう？　俺の全ては君のものだ」

彼のすんなりした首にかけ、金具を留める。

彼の肌の上で、プラチナの高貴な輝きは、ますます美しさを増して見える。

うっとりと目を閉じた彼に、そっとキスをして、

「……そのかわり、君も俺だけのものだよ、篠原くん！」

AKIYA・4

火曜日のランチタイム。

雅樹《まさき》とガヴァエッリ・チーフ、それに田端《たばた》チーフとサブチーフの瀬尾《せお》さんと三上《みかみ》さんは、会社指定のランチ・ミーティングがあって、レストランに出かけている。

ここんとこ、全員揃《そろ》ってお弁当、みたいなことが多かったんだけどね。

ランチタイムに、非の打ち所のないハンサムの雅樹が、難しい顔で、ガヴァエッリ・チーフとイタリア語で議論するところとかが見られるのは……ものすごく格好よくてドキドキする。

二人の間に松屋の焼肉弁当があることとか、お箸《はし》に慣れてないガヴァエッリ・チーフが必死でゴハンを摘《つま》もうとしてボロボロ落としてるとことかは……そうとう笑えるけどね。

「お待たせしました！」

買い出し当番の柳《やなぎ》君と広瀬《ひろせ》君が、走って公園に入ってくる。

会社の裏手には、都会のど真ん中とは思えないような、静かで小さな公園がある。

この辺は都内の一等地だし、けっこう立派なビルが立ち並んでる。そのビルの狭間《はざま》にとりのこされたようにある公園は、この近所のオフィスに勤《つと》める人もあまり知らない穴場だろう。だから、お昼休みの時間でも、ほとんどひと気がない。あったかい日には芝生《しばふ》でランチにできるし、デザイナー室メンバーのお気に入りの場所なんだ。

それに桜の樹があって、毎年春になると、僕らはそこで夜桜見物と称した宴会をしてる。

「あ、けっこう蕾《つぼみ》が膨《ふく》らんでる！　来週あたりはお花見ね！」

長谷《はせ》さんがうっとりと桜の樹を見上げてる。野川《のがわ》さんが、

「去年はまだ、黒川《くろかわ》チーフとかガヴァエッリ・チーフとかはいなかったのよね！　今年の酒の肴《さかな》は『夜桜の下で黒川チーフに優しく介抱《かいほう》してもらうあきやくん』かしらー？　じゃなかったら『夜桜の下でガヴァエッリ・チーフと仲良くジャレあう悠太郎《ゆうたろう》』でもいいよー！」

悠太郎は、んなもん肴にするなー！　と言ってから、

「オレとガヴァエッリチーフは単なるライバルで、仲がいいわけじゃないぜ！　それより、遅い！　おなかすいたよー！　ヤナギ、広瀬、寄り道しただろー！」

「なに言ってるんすか！　悠太郎さんなんか、このあいだの買い出し当番の時、駅の方のゲーセンまで行ってＵＦＯキャッチャーやったくせに！」

柳くんが叫んでる。長谷さんが、ファストフードの袋の中身を確かめながら、

「そうよ！　そのせいで、食べる時間が十分も減ったんだからね！」

「ええっ？　あれはオレのせいじゃないってば！」

悠太郎が、ふくれながら、

「勝手にくっついてきたガヴァエッツリ・チーフが、やってみたいって騒ぐから！」

「まったく！　ガヴァエッツリ一族の御曹司《おんぞうし》に、ヘンなこと教えるんじゃないの！」

長谷さんの言葉に、野川さんがうなずいて、

「ただでさえガンガンに目立ってるんだから！　事務サービスの子たちが、ガヴァエッツリ・チーフが悠太郎とツーショットでUFOキャッチャーしてるのを目撃したって、もう大騒ぎだったのよ！『黒川チーフとあきやくんカップルに続く、二組目のカップル誕生か？』って言って！」

その言葉に、僕は少し赤くなる。

噂《うわさ》好きの社内の女の子たちの間では、雅樹と僕はカップル！　ってことになってるらしい。もちろん、そんな噂をしてる子たちのうちの誰一人として……それがホントだなんて夢にも思わないだろうけどね。

「ガヴァエッツリ・チーフは、顔に似合わぬおマヌケだから、世話してやってるだけ！　だってあの人って仕事はデキるし、デザインセンスもすごいけど……日常におけるジョーシキってもんが、まるでないんだもん！　放っとくと、なに始めるかわかんないんだよー！」

悠太郎があきれたように叫ぶのに、僕は思わず笑ってしまう。

……悠太郎ってホントに面倒見がいいからなあ。

「ねえねえ、なにするかわかんないといえば！」

笑いながら聞いていた野川さんが、身を乗り出して、

「あきやくん！　慎也《しんや》兄ちゃん元気ー？　黒川チーフを殴るって言ってない？」

僕は、思い出して少し嬉しくなりながら、

「あ、兄さんは、昨夜から、日本に来てるんだ」

「うっそおおおーっ！」

「きゃああーっ！」

野川さんと長谷さんの黄色い叫びが、ビルの谷間に響く。

「そしたら、そしたら！」

野川さんが、身を乗り出して、

「今日の帰り、迎えに来る？　慎也兄ちゃんに久々に会えるのかしらー？」

「うっそー！　嬉しすぎー！」

言われてみて、僕は気づく。

いつもなら、兄さんはエアポートからここに向かい、僕の仕事が終わるのを待っててくれる。

兄さんが勤めてるのはアメリカーナ・エアライン。兄さんがよく乗務してるロスアンゼルス発・東京行きは、成田《なりた》に午後の二時頃に着く。それから手続きを終えて、エアポートリムジンで都内まで来て……僕の会社が終わる頃に、ちょうどここまで来られるんだよね。ちゃんと電話をしてから迎えにくることもあるし、たまに電話もしないでいきなり正面玄関のロビーで待っていたりする。

昨夜は、雅樹に部屋の合鍵《あいかぎ》をもらってハイになっていたから、僕は終業ベルが鳴ったとたんに飛び出すようにして帰っちゃったんだけど……。

もしかして、兄さんは僕を迎えに一回ここまで来てた、なんてことは……ないよね？

「ううん、迎えに来るとは特に言ってなかった。実は昨日から日本に来てるんだけど、まだ会ってないんだ。なにか用事があるんじゃないのかな？」

僕は考えながら言う。

しかも、兄さんは今日は休みのはず。そんな日には、いつもなら会社まで僕を迎えに来る兄さんが……昨夜の電話では『部屋に帰ってなさい』とか言ってて……。

……なんだか、いつもとちょっと様子が違ってたんだよね……。

「日本に来てるのに、会ってないー？　昨夜は部屋に来なかったのか？」

悠太郎が、コーヒーの蓋《ふた》を開けながら、驚いた声で言う。

僕は、サンドイッチを袋から出しながら、

「……うん。昨夜は来なかった。ホテルに泊まるって言ってた」

「信じらんないぜー！　慎也兄ちゃん、ぜったいなんかヘンだよ！」

悠太郎は言ってから、いきなり、あ！　と叫んで、

「もしかして、慎也兄ちゃん、カノジョと一緒なんじゃないの？」

「だめーっ！　そんなの許せなーいっ！」

「慎也兄ちゃんは、スーパー・ブラコンじゃなきゃイヤーッ！」

野川さんと長谷さんの黄色い叫びが、再びビル街に響く。

僕が驚いていると、悠太郎が、

「この間会った時、カノジョできたか問いつめたら、『晶也《あきや》のことが心配でそれどころじゃない』とか言っちゃってたけど……やっぱあんなハンサムを女の人が放っておくわけないもんねー」

言って、一人でうんうんとうなずいている。

……兄さんの、恋人……？

兄さんは僕のことを心配してくれるばっかりで、自分に関するその手のことはあまり話さない。

兄さんは、中学校でも高校でも生徒会長をしていて、その頃から英語はペラペラで、大学ではボクシング部の部長で試合に出て目立ったりして……学生時代から、ものすごーくモテ

ていた。

今だってエアラインのパーサーだし、同僚のCA《キャビンアテンダント》とか、お客さんとかに、やっぱりものすごーく人気があるらしい。

……だけど……。

「昨夜の兄さんは、そんな楽しそうな感じじゃなかったなあー」

思い出しながら、僕は呟く。

僕の前ではいつも明るい兄さんが、なんだか昨夜は元気がなかった。

兄さんは、疲れた様子とか、落ち込んだ様子とかを僕に見せたことがほとんどない。

……なのになんだか、昨夜はすごく消沈したような感じで……。

……どうしたんだろう？　何か、落ち込むようなことがあったのかなあ……？

兄さんはいつも、僕のことをすごく心配して、気遣《きづか》ってくれる。

でも、自分の悩みごととか、仕事での不満とか……そういうことは一切僕には話さない。外国暮らしをしてるし、忙しい職業だし、タイヘンなことだってたくさんあるだろうに。

……そういうこと話してくれないのって……。

……もしかして、僕が頼りないからだろうか？

そういえば、雅樹も、そういう悩みみたいなことを、僕にはほとんど話したことがない。

お父さんとのことだって、僕にはあんまり聞かせたくないみたいだったし……。

……やっぱり僕って、頼りないのかな……？

あんなにしっかりしたオトナの雅樹と僕じゃ、比べ物にならないのは解るけど……。

僕は、なんだか悲しくなってしまう。

……でも、彼の悩みも、苦しみも、受け止めてあげたいのに……。

……そして、彼が少しでも楽になれるようにしてあげられたらいいのに……。


「……あれ……？」

午後の仕事が始まってすぐ。ラフを描いていた僕はふと呟《つぶや》いた。

今描いているのは、ガヴァエッリ・ジャパン用のリングとネックレス。

あの、タイアップ商品と似たようなシリーズで、若い人向けの可愛《かわい》いタイプで……、さっさとラフを描いて、来週くらいには清書に入れるようにしなきゃいけないのに。

「……描けない……」

僕のデザイン用のシャープペンシルは、クロッキー帳の上を無意味に走るだけで、ぜんぜん使えそうなラフを描いてはくれない。

今回の依頼も、パヴェ・セッティング。婚約前の恋人から、誕生日とかの特別な日に贈られる、少し気取った、でもロマンチックなイメージってコンセプトだったんだけど……。

僕の頭からは、前回の商品の、グチャグチャの向きだった爪《つめ》の感じとか、粗《あら》かった仕上げとか、狂っちゃった全体のバランスとか……そんなものがどうしても離れない。描いても描いても、なんだか『どうせこんなふうにはでき上がらないんだよね』ってあきらめみたいなものが出てきて……。

『せっかく一生懸命描いても、どうせムダなんだろうな』って気持ちが湧《わ》いてきて……。柏原《かしわばら》くんが言った、『細かいことにこだわっても仕方ないです』って言葉が脳裏をよぎる。もしかして……どんなに努力しても、こだわって描いても、それはムダなことで……？

『どうせビジネスだし』って割り切って、テキトーにこなすのが、頭のいいやり方で……？

「あきやさーん」

隣の席の広瀬くんが、僕を呼ぶ。振り向くと、彼は逞《たくま》しい肩を、絶望！　って感じにすくめて、

「おれ、描けないですよ。今回のおれの商品を作ってくれる担当、木下《きのした》くんなんですけど、彼、細かい脇石の留《と》めが下手《へた》でー。そう思うと、なんだか脇石描く気がしないです。でも脇石なしで半貴石のリングなんてムリだしなあ」

小声で言って、ため息をつく。

「井森《いもり》チーフがいた頃は、超・厳《きび》しくチェックしてくれて、なんとかできてたんだけど……今井《いまい》チーフになってから、全然ダメですよね。チェックがテキトーだからダラけてるってい

うか」

僕はドキリとする。このあいだ僕は、いいかげんなチェックだけでサインをしてしまって……、

「職人の子たちに、すぐに上手《うま》くなれって言うのはムリだとしても、せめてちゃんと技術指導をしてくれる人がいないと……なんだかゼツボー的。描く気がおきないなあ」

「こらー、広瀬！　製作課のせいばっかりにするんじゃなーい！」

後ろから田端チーフの声がして、広瀬くんの頭に、清書の束《たば》がバサリと振り下ろされる。

「そんなことを言う前に、清書に間違いが一つもないようにすることー。こっちの画力不足ってこともあるんだからさー。ほら、ここと か、ここと かー……」

チェックされたデザイン画を示されて、広瀬くんが、へへ、と照れたように笑う。

……そうだよね。僕の画力不足ってこともあるんだ。あれは、職人さんだけのせいじゃなくて……。

僕の心が、ズキンと痛んだ。

……あんな商品ができたのは……僕の力がまだまだ足りないってことだ……。

「おつかれさまでーすっ！」

今日も元気な柏原くんが、叫びながらデザイナー室に入ってくる。

「雅樹さん！」

そのまま雅樹の席に直行するのを見て、僕はちょっと緊張する。

……また、雅樹に抱きついたりしたら、どうしよう……？

雅樹は、彼とはなんでもないって言ってくれたけど……。

……昨日、彼が雅樹に抱きついてるとこを見て、本当にショックだったんだ。

僕だけのものだと思ってた、彼の逞しい胸。

柏原くんが、うっとりと顔を埋《うず》めるのを見て、全身が熱くなった。

ハンサムで背の高い雅樹と、華奢《きゃしゃ》な感じの美青年の柏原くんが抱き合ってる姿は……はっきりいってすごくお似合いだった。

僕は、どうしていいのか解らなくなって、部屋を飛び出してしまった。

……ああいう感覚を、嫉妬《しっと》って言うのかなあ……？

僕は、ちょっと可笑《おか》しくなる。

『やきもちやき』って言葉を僕は彼によく言うけど、やきもちやきは、僕の方かも。

……だって雅樹は、彼とはなんでもないって、あんなにはっきり言ってくれて……、

「昨夜は、ありがとうございました！」

柏原君の言った言葉に、ラフを描こうとしていた僕の手がピタリと止まってしまう。

……昨夜……？

雅樹は、書類から目を上げずに、

「いや。ちゃんと帰れた？」

「ええと、駅までの道で迷っちゃって……電車には乗れたけど、駅からの道でも迷っちゃって……家に着いたのは夜中でした！」

少し甘えるような、柏原君の声。書類から目を上げた雅樹が、あきれたような顔で、

「……タクシーに乗れと言ったのに。まあ、迷いながらでも歩けば、そのうち道を覚えるだろう」

「あ、冷たい！　ああ、でもそのクールなところもすき！」

「勘弁してくれ」

雅樹の困ったような声に、皆が笑う。僕は一人、取り残されたような気分で、笑えない。

……昨夜って……なんだろう？

雅樹は、会議だから先に帰ってくれって言って、僕に鍵を渡して……でも、もしかして……、僕の心が、ぎゅっと痛む。

……会議なんかじゃなくて、柏原君と二人で会うために、僕を先に帰した……？

思ってしまってから、僕は慌てて否定する。

……まさか？　雅樹がそんなことするわけないじゃないか……！

柏原君は、内ポケットから一通の封筒を出して、雅樹に差し出す。

「どうぞ！　これ、僕からのラブレター！」

……ラブレター……？

雅樹は、それを受け取り、苦笑しながら、

「冗談ばかり言っていないで、さっさと仕事に戻りなさい」

その声に、僕の心がズキンと痛む。

どうして受け取っちゃうんだろう？　それに雅樹は、昨日より優しい口調になってるみたいだ。

「はーい。怒られちゃった！」

嬉しそうに言う彼の声を聞きながら、僕はそっと立ち上がり、デザイナー室を出る。

廊下を歩きながら、ちょっと悲しくなる。

……そういえば昨日は、焦《あせ》った雅樹が追ってきてくれたんだよね。

彼の思いやりが、すごく嬉しかったのを思い出す。

……僕、なにをこんなに気にしてるんだろう？

……雅樹は、「俺には君だけだ」って言ってくれたし……あんなに優しいキスをしてくれて……。

「あ、晶也さん、晶也さん！　聞いてください！」

後ろから呼ばれて、僕はギクンと肩を震わせて、慌てて振り返る。

デザイナー室から出てきた柏原君が、嬉しそうに走ってきて、ひそめた声で、

「……えへへ。僕と雅樹さん、ダメじゃないかもしれませんっ！」

「……え？」

「……昨夜、彼に優しくされちゃった！　それに新情報！」

柏原君は、その白い頬《ほお》に血の気を上らせて、

「……雅樹さんって、エッチがものすごく上手いかもっ！」

……え……？

その場に硬直した僕を見て、柏原君は、あ、と叫んで口を押さえて、

「……ごめんなさい！　純情そうな晶也さんに、ヘンなこと言っちゃったっ！」

照れたような顔で手を振って、

「僕、部署に戻ります！　明日あたり、昨日の撮影の商品写真ができるみたい！　商品サンプルと一緒にまわしますね！　それじゃ！」

エレベーターホールの方に、弾《はず》むような足取りで走って消える。

僕は呆然《ぼうぜん》とその場に立ったまま、何も考えられずにいた。

……彼に優しく……『された』……？

……雅樹が……エッチが上手い……？

全身から、血の気が引いていく。

僕に触れてくれる時の、雅樹の優しい手を思い出す。

……あの手が、別の誰かに触れたなんて……。

思っただけで、その場に座り込んでしまいそうになる。

……嘘だ……！

……嘘でしょう、雅樹……？

MASAKI・4

『今夜、仕事が終わったら、駐車場で待ってます。昨夜のお礼がしたいんです。 柏原』

五千円札や地下鉄マップと一緒に封筒に入っていたメモを思い出し、俺はため息をつく。

……お礼なんかどうでもいいのに。俺は当然のことをしただけだ。

……それより、晶也が、柏原がデザイナー室に来た頃からまた沈み始め……俺が機会をみて話そうとしても避《さ》け続け……そのまま、逃げるようにして帰ってしまった。

……どうしたというんだ……？

今日の柏原は、俺に抱きついてもこなかったし、渡すものを渡したらすぐに退散したし
……晶也を悩ませるようなことは、別になかったような気がする。

……それとも、俺の父親に言われたことで、まだ悩んでいるのだろうか？

昨夜、晶也の部屋から後ろ髪を引かれる思いで帰宅した俺は、愕然《がくぜん》とした。

父親は、『仕事の打ち合わせが入った。明日また来る』というメモを残して、姿を消していた。

……こんなことなら、晶也と一晩中、一緒にいられたじゃないか……！
俺は腹立たしい気持ちで、メモを破り捨て、くずかごに放り込んだ。
……身勝手で、冷血で、頭の中は仕事のことばかりだ……！
父親は、俺と本当によく似ている。
姿形ばかりでなく、その身勝手で、冷血で、仕事のことばかりを考えるところも。
晶也は『あなたにとって黒川圭吾《けいご》さんは特別なんですよ』と言った。
たしかに……それは正解かもしれない。
だが俺は、自分の悪いところ、隠しておきたい部分を、父親の中に見てしまう。
父親も、俺を見る時、同じようなものを見るだろう。
……だから俺たちは、こんなに反発しあってしまうのだろうか……。
俺はため息をつきながら、エレベーターに乗り込み、Ｂ１のボタンを押す。
晶也の、『皆に認めてもらえたら、どんなにいいでしょう』という言葉が頭をよぎる。
……晶也のためにも、きちんと話し合わなければ……！
エレベーターはスムーズに降り、Ｂ１に着いて、扉が開く。
『雅樹さん！　来てくれたんですね？』
駐車場の天井に響いたイタリア語の声に、俺は柏原からのメモのことを思い出す。
満面の笑みを浮かべて俺の車の前に立っている彼に、俺はため息をつきながら、

『……君のために来たわけじゃない。駐車場に来ないと、車に乗って帰れない。だから来ただけだよ』

ポケットから、車の鍵を出しながら、

『メモにお礼とか書いてあったけれど、気にしなくていい。それよりも早く帰り道を覚えなさい』

『車で送ってくれれば、道を覚えられると思うんですけどー。あなたの車の助手席に乗りたいなあ』

ちゃっかりと言ってニコニコしながら見上げてくる彼に、俺は、肩をすくめ、

『だめだよ。この車の助手席は恋人専用だと言っただろう？』

柏原は、不満そうに口をとがらせて、

『このマスタング、アメリカ仕様の4シーターじゃないですか！　じゃ、せめて後ろの席に！』

『だめだよ。ただの部下ならいくらでも乗せるが、君はそれ以上のことを考えているようだし』

俺は彼の脇をすり抜け、運転席のドアのロックを解除し、ドアを開ける。

『なんでそんなに冷たくするんですか？　ちょっとくらい、いいじゃないですか！』

運転席に滑り込む俺の背中に、柏原が叫ぶ。俺は構わずドアを閉め、少しだけ窓を開け、

『君に優しくすると、恋人が悲しむんだよ。俺は、恋人を悲しませるようなことは、どんな小さなことでもしたくない。……君には悪いけれど』

柏原は、驚いたような顔をして一瞬黙る。それから、

『わかりました。あなたって、すごい冷血』

『そうだよ。わかってくれた？』

俺が言うと、柏原は泣くのをこらえているような顔をする。

俺の良心が少し痛む。俺は年下の男の子をいじめて喜ぶシュミはないし、部下としてなら別に彼のことが嫌いなわけではなく……。

黙っていた柏原が、いきなり俺の顔を見て、あ、と小さく声を上げ、

『雅樹さんっ！　ここ、ここ！　インクのついた手で擦《こす》ったでしょう？』

自分の頬を指差している。俺は、自分の頬に手をやって考える。

いつも使っているのは万年筆だし、さっき清書に色をつけていたし……？

『あなたみたいなすごいハンサムがそんな顔じゃ、恋人に笑われますよ。……ちょっと窓を開けてください』

恋人に笑われる、という言葉に反応してしまった俺は、思わず窓を開けてしまう。

『……どこ？』

ポケットからハンカチを出して頬を擦っている俺に、柏原が、

『そこじゃなくてー。ええと、暗くてよくわかんないけど……』

目を凝《こ》らすようにしながら、俺に顔を近付け……、

『……チャーンス……！』

小さく囁《ささや》いた柏原の唇が、いきなり唇に重なってくる。俺は、事態が呑《の》み込めずに硬直する。

『……ん……！』

一瞬後、チュッと音をたてて唇が離れ……、

『……キスだけでこんなにドキドキしたの、生まれて初めて……』

柏原が、白い頬を紅潮《こうちょう》させながら笑う。俺は、あまりの驚きに声も出ない。

『僕、あなたのこともっと好きになっちゃった！　それじゃ、また明日！　失礼しまーす！』

彼は満面の笑みを浮かべてから踵《きびす》を返し、地上へと続く非常階段の方へ走り去る。

『……なんて子だ……！』

俺は呆然と呟き、ハンカチで唇を拭《ぬぐ》う。

……もし晶也とキスをしたら、柏原と晶也の間接キスになってしまうじゃないか！

晶也、という名前を思い出したとたん、俺は青ざめる。

……なにかの拍子《ひょうし》に、こんなキスシーンを晶也に見られてしまったとしたら……？

緊張しながら辺りを見回すが……薄暗い駐車場に人影は見当たらない。
父親は来るし、晶也は落ち込んでしまうし、問題山積のこんな時に……!
俺は、叫びたい気分だった。
……勘弁してくれ……!

AKIYA・5

……雅樹……嘘ですよね、雅樹……！

呆然としたまま部屋に戻った僕は、ベッドに座り込み、ずっと心の中で呟いていた。

……優しいあなたが、浮気なんかするわけないですよね……？

浮気、という言葉が頭に浮かんだ僕は、ドキリとする。

……柏原君は、雅樹がイタリアにいた頃から、彼を知ってるんだ。

……もし彼らがその頃から付き合っていたとしたら、浮気相手は、僕の方になるの……？

……僕が、柏原君と雅樹の間に割り込んだことに……？

僕は、不安な心を抑えようとして、何度も深呼吸をして自分に言い聞かせる。

「違う。雅樹がそんなことするわけがない。しのぶさんの時だって、僕の誤解だったじゃないか」

圭吾さんの婚約者、高宮《たかみや》しのぶさんが日本に来た時も、僕は彼女が雅樹の婚約者だと誤解して、裏切られたんだと思って落ち込んで、挙《あ》げ句《く》の果てに彼に別れを告げたりしてしまって……。

「きっと、何かの間違いだ。ちゃんと雅樹と話してみなきゃ。だって、なんの証拠もないんだし……」

柏原くんが嬉しそうに言ってた『雅樹さんってエッチが上手い！』って言葉を思い出す。

僕の心臓が、破けてしまいそうなほど激しく痛む。

……どうしてそんなこと、柏原くんが知ってるの……？

僕は、雅樹以外の誰ともアンナコトをしたことがない。だから、比較対象はないんだけど
……少なくとも、雅樹が、僕をめちゃくちゃになるまでカンジさせてしまうことを知ってる。

雅樹のセックスは、遊んでるとか、慣れてるとか、そういう種類のものじゃない。

僕が心を開けるように、時間をかけて、誠意を持って尽くし、僕をゆっくりと熔《と》かし……、そして、もう何も解らないほど熔けてしまった瞬間に、突然獣《けもの》になって、僕の全てを奪う。

そのセックスは、愛してるよ、って真剣な声でずっと囁いてくれてるみたいな……。

激しくて、でも切なくなるほど甘くて、思い出しただけで気が遠くなるような……。

雅樹の胸に頬を埋めた、柏原君の幸せそうな顔が、僕の脳裏をよぎる。

僕は、ワイシャツの胸の上を摑《つか》んで、心臓の痛みに耐えながら、

「……嘘だ……」

ピンポーン！

インターフォンの音に、僕は慌ててベッドから立ち上がる。リビングを突っ切り、廊下を走って、玄関のドアを開ける。そこには、慎也兄さんが立っていた。

エアポートから直行する時はいつもパーサーの制服だけど、今日は普通のスーツを着て、ネクタイを締めている。

「やあ、晶也。久しぶりだな」

言った兄さんは、相変わらずすごいハンサムだけど……なんだか少し疲れてるみたい。

「入って。どうしたの、休みなのにスーツなんか着て」

僕が言うと、兄さんは布製の小型トランクとキャリアーを玄関に引っ張り込みながら、

「人と会っていたんだ。……元気だったか？　相変わらず可愛いな、晶也」

言って、やっと力なく笑ってくれる。だるそうに手を上げて、僕の髪をそっと撫《な》でる。

……兄さん、やっぱり変だ。

……いつもは、僕の顔を見たとたんに抱き締めたり、髪をくしゃくしゃにしたりするのに。

「兄さん、具合でも悪いの？　昨夜から元気がないみたいだけど……」

言うと、兄さんはハッとしたように僕を見つめ、それから、急に辛《つら》そうな顔になる。

「兄さん……？」

「……晶也。大事な話があるんだ」

「大事な話……？」

兄さんは靴を脱いで廊下に上がりながら、僕から目をそらすようにして、

「……お茶をいれるよ」

兄さんは休みが取れると世界中を旅行して、その国の一番美味《おい》しいお茶をお土産《みやげ》にしてくれる。

マグカップに注《そそ》がれた中国茶からは、すごくいい香りがしていて……。

ベッドに座った僕の足元に、兄さんはあぐらをかいて座っている。

ため息をつくようにして、熱いお茶に息を吹きかけている。

兄さんはいつでも明るくて、笑いながら僕をかまったり、僕のことを心配して怒ってくれたり……。

……なのに、今は、こんな苦しげな顔をして……。

「兄さん」

僕が言うと、兄さんはギクリと肩を震わせる。

「話って？」

兄さんはしばらく黙り、それから、ふいに僕を見上げ、

「晶也。会って欲しい人がいるんだ」

「……会って欲しい人……？」

僕が驚いて聞くと、兄さんはうなずいて、

「俺の同僚のパーサーの、ロバート・ラウ、覚えている？」

「ロバートさん？　もちろん覚えてるけど……」

いきなり出てきた名前に、僕は少し驚きながら言う。

兄さんがロスアンゼルス・ステイになったばかりの頃。休暇を利用して、悠太郎と二人でロスまで遊びに行ったことがある。

二人とも英語はメチャクチャだったし、乗り換えの飛行機には遅れそうになるし、僕は誘《ゆう》拐《かい》されそうになっちゃうし、おまけにトランクは行方《ゆくえ》不明……で、散々な目に遭ったんだけど……。

その時助けてくれたのが、兄さんと同じエアラインでパーサーをしていたロバートさんだった。

すごい美形の中国系アメリカ人で、お金持ちの家のご子息。顔に似合わず口の悪いところが、兄さんといいコンビってカンジで、喧嘩《けんか》ばかりしてたけど、二人はけっこう仲良しみたいで……。

「ロバートさんが？　今、日本に来てるの？」

「いや。ロバートはロスにいる。今回会って欲しいのは、彼のお兄さんだ。アラン・ラウ。

ロスで宝飾店の『R&Y』を経営しているって、ロバートからきかなかったか？」

R&Yといったら、ガヴァエッリのライバルと言っていいくらいの、大きな宝飾店だ。歴史はそんなに古くないけど、超高額品ばかり扱うのと、アンティーク風の優雅なデザインと、世界一といわれる翡翠《ひすい》コレクションで有名だ。

あそこのデザインは凄い、とずっと思ってたし、あのざっくばらんなロバートさんがあそこの経営者の弟、と知った時には、そうとう驚いたんだけど……、

「聞いたけど。ロバートさんのお兄さんの……アランさん？　……に、どうして僕が会うの？」

僕はまた驚きながら言う。兄さんは、少し考えるようにしばらく黙り、それから、

「実は、ずっと前から、晶也に会わせてくれと彼に頼まれていたんだ」

「僕に？」

「しばらく前に、おまえの作品が宝飾品の雑誌に載《の》ったことがあっただろう？」

「あ、うん。たしかにあったけど……」

僕がまだ新人の頃、作品がヴォーグ・ジョイエッリっていう宝飾品雑誌に載ったことがあった。

僕の名前は、隅の方にほんの小さく書いてあっただけだったんだけど……それを見て、雅樹は僕というデザイナーの存在を知り、僕に会いに日本に来て……そして僕らは恋に落ちた。

雅樹は、あの本に載った僕の作品のうちの一つ、プラチナのカフスの実物を手に入れ、いつでもワイシャツの袖《そで》口に飾ってくれている。

それは、いつも僕の胸の上にある指輪と同じくらい、二人には意味の深い作品で……。

あの雑誌に載ったシリーズがなかったら、僕らは出会うことはなかっただろう。

だから、あれは本当に僕にとってはラッキーな機会で……。

「アランは、その記事を見て、篠原《しのはら》晶也というデザイナーの名前をずっと忘れなかったらしい」

その言葉に、僕はすごく驚いてしまう。

僕を押し倒し、雅樹に撃退されて、今はなりをひそめている辻堂《つじどう》さんって人も、そんなことを言ってた。あの雑誌に載った作品を見て、僕の名前を覚えたって人は……これで三人目？

「へえー。アランさんもあれを見たんだー。……ヴォーグってすごい雑誌なんだねえー」

兄さんは、あきれたようなため息をついて、

「すごいのは、ヴォーグじゃない。おまえだよ」

「……え……？」

「宝飾品の雑誌なんか、世界中にいくらでもあるだろう？　そして、その一冊一冊に、たくさんの作品が載る。数え切れないほど。その中で、ほんの小さく載っているデザイナーの名

前を注意して見てもらえる人、しかも覚えてもらえる人が、何人いると思う？」

兄さんは真剣な顔で、

「おまえには……人にはない、優《すぐ》れた才能があるんだ」

その言葉に呆然とする僕に、兄さんは、ふと笑って、

「……と、アランが言っていた」

「……え？　アランさんて人が、そんなことを？」

「そう。おれの弟が、そのアキヤ・シノハラだと知った時、彼はとてもショックを受けたような顔をして……それからいきなり『どうしても会わせてくれ』と言い出した。自分の会社のデザイナーとしてスカウトしたいと言って」

「スカウト？　そんな。ガヴァエッリに入社できたのだってマグレなのに。きっと兄さんに気を使って言ってくれただけだと思うよ」

僕は照れてしまいながら言う。兄さんは少し笑って、

「おれは可愛い弟をできるだけ人目にさらしたくないし、どうせロスにあるアランの会社で晶也が働けるわけがないし、と思って断っていたんだが……」

「うん。僕はガヴァエッツリをやめる気はないし、日本には友達もいるし、それに黒川チーフだって……」

「晶也」

兄さんが、いきなり僕の言葉をさえぎり、

「アランは、今、日本に来ている。昨夜もおれは彼に会って話をしていたんだ。……彼に、一度、会ってみてくれないか？」

「……え……？」

兄さんの声がなんだかすごく辛そうで、僕は面食らってしまう。

……これって、昨夜から兄さんの元気がない原因になにか関係あるのかな……？

沈んだような顔をしている兄さんを見返しながら、僕は思う。

……もしかして、仲良しのロバートさんのお兄さんにむりやり頼まれて、困っちゃってるとか？

……僕がオーケーして会うだけ会えば、兄さんは悩まなくてもすむのかな？

僕は英語が話せないから、兄さんが同席してくれるんだろう。だったら別に気まずくないし、あのロバートさんのお兄さんなら、そんなに悪い人じゃないだろうし……。

「うん、別にいいよ。会うだけでしょう？」

僕は、兄さんが元気になってくれるのを期待して言ったんだけど……兄さんはあまり明るい顔にはならないまま、

「そうか。じゃ、今から電話を入れてみる。アランは、そんなに長く日本にいないんだよ」

「う……うん」

兄さんは、スーツの胸ポケットからメモを出し、ベッドサイドの電話の受話器を取って、ダイヤルをプッシュする。呼び出し音が鳴るか鳴らないかの、すごく速いタイミングで、相手が電話に出たらしい。兄さんは、英語で一言二言話した後、いきなり受話器を僕に差し出し、

「アランが、おまえに代わってくれ、だそうだ」

「……ええっ？　僕、英語できないよっ！」

後ずさる僕に、兄さんは少し笑って、

「ロバートも日本語がだいぶ上手かったろう？　アランは彼よりも上手いよ」

その言葉に、僕は少し赤くなりながら受話器を受け取る。そして妙に緊張しながら、

「……お、お電話代わりました。篠原晶也です」

『……あ……』

相手は、なんだか驚いたように呟く。それから、

『こんにちは、はじめまして。アラン・ラウです。……君が、シノハラ・アキヤくん……？』

受話器から聞こえてきたのは、本当に流暢《りゅうちょう》な日本語で……漆黒《しっこく》のベルベットを思わせるような、低くて柔《やわ》らかな美声だった。雅樹の声と……なんだか質がよく似てる。

聞いてるだけでゾクッとくるような……すごくセクシーな……。

僕は、意味もなく少し赤くなりながら、

「は、はい、はじめまして！　あの、ロスでは兄がいつもお世話になってます！　あと弟さんのロバートさんには、前にすごくお世話になっちゃって……！」

アランさんは、オトナっぽい声でクスリと笑うと、

『その時の話は、シンヤとロバートから聞いた。たいへんだったみたいだね』

「そうなんです！　もうあの時はメチャクチャで！　ロバートさんのおかげで本当に助かりました！」

言うと、アランさんは楽しそうに笑う。それから、少し真剣な声になって、

『あの時、わたしは出張で海外にでかけていた。あとから君があのアキヤ・シノハラだと知り、写真を見せてもらった時……仕事なんか放り出せばよかったとどんなに後悔したか』

受話器に囁きを吹き込むようなそのオトナっぽい話し方と、低い美声に、僕の鼓動が速くなる。

……この話し方、やっぱり雅樹によく似てる……。

……ああ、なんでドキドキしちゃってるんだろう、僕……？

『わたしが日本にいる間に、一度、時間を取って会ってくれると嬉しいのだけれど』

「あ、はい！　それは別にいいですけど……あの、アランさん、お忙しいんじゃ……？」

だって、この人って、あのR&Yの若き社長なんだよね？

彼はふと笑うと、その、耳元で囁くようなセクシーな話し方で、

『君のためなら、何時間でも惜しくない。明日、仕事は何時に終わる？』

「仕事ですか？　ええと、多分残業はないから……五時には」

『では、会社の傍《そば》まで迎えに行くよ。ブラウンのロールスロイスのリムジン。捜してくれる？』

「ロ、ロールスロイスのリムジンですか？」

……ガヴァエッリ・チーフは黒のリムジンで通勤してるけど、そーとー目立ってる。

……会社の前に別のリムジンが現れちゃったら、注目を浴びるのは必至で……。

……そんな車に乗り込むところを見られたら、雅樹がどんなふうに思うか……。

彼の顔を思い出すと、心臓にツキンとなにかが刺さるような気がする。

彼と柏原君が抱き合っている場面が脳裏をよぎり、僕はいきなり泣いてしまいそうになる。

……うそでしょう？　雅樹……。

『会社の車がそれしかないんだ。目立つだろうから、正面にいきなり横付けしたりしないよ。五時を少し過ぎた頃、会社から少し離れたところで待っている』

傷ついて痛む心に、アランさんの柔らかな声が、ジワリと沁《し》みてくる。

『……アキヤくん』

……なんだろう？　この人の声は、本当に不思議だ。

僕はまた、意味もなく赤くなりながら、思う。

……柔らかくて、優しくて、でも……、

……絶対に逆らえない魔法にでもかかっているような……、

『君に会うのが楽しみだ。……とても』

「……はい、僕も楽しみにしてます」

『うん、明日会おう。……シンヤに代わってくれる？』

彼の言葉に、僕は慌てて受話器を押さえながら兄さんに差し出して、

「アランさんが、兄さんに代わってって」

兄さんが受話器を受け取り、しばらく英語で話してから、おもむろに電話を切る。

なんだか心配そうな顔で僕を振り向いて、

「二人で会うから、おれは行かなくても大丈夫だと言われた」

「……え……？」

「なんだか心配だな。晶也は可愛いから。まあ、ロスでしょっちゅう顔を合わせている彼に、また会っても仕方ないし、アランはいい人だし、彼にそういうシュミはないはずで……」

兄さんはぶつぶつ言ってから、肩をすくめて、

「心配だけれど……どうせ面接みたいなものなんだろうから、おれが行っても仕方ないな」

「ええっ、面接？」

僕は少し焦る。

「僕、今の会社辞めるつもりないし、日本には黒川チーフも……」

「晶也」

兄さんは少し苛立《いらだ》ったような声で、また僕の言葉をさえぎる。

……やっぱりいつもと違う。少し変だ、兄さんの、この話し方。

兄さんは、いつもは絶対に僕の言葉をさえぎったりしない。

口下手な僕の取り止めのない言葉を、いつも一言も聞き逃さないようにして聞いてくれる。

……なのに。

「とにかく、彼に会ってみなさい。とてもいい人だし、ジュエリーにも詳《くわ》しいだろうから、勉強になるんじゃないか？」

「……う……うん。そうだよね」

僕は、うなずきながら言う。

だけど僕の胸には、彼とは会わない方がいいかも、という不思議な予感のようなものがよぎっていた。

アランさんの優しい声は、なんだか僕の気持ちを不安定にさせる。

雅樹だけを愛してる、その気持ちが、ふわりと迷わされるような気がする。

……まさか……。

僕は、少し笑ってしまう。

……僕の、雅樹への気持ちが、変わるわけがないじゃないか……。

「あ、そうだ、兄さん！」

僕は、兄さんに笑って欲しくて、元気な声で言う。

「昨夜は兄さんがうちに泊まらなかったって言ったら、悠太郎が、『慎也兄ちゃんはカノジョと一緒だったんじゃないのお？』とか言ってたよ！」

兄さんは、目を丸くして、

「疲れて一人でホテルに泊まっただけだ。晶也のことが心配で、恋人どころじゃないよ！」

言って、兄さんはやっと笑ってくれる。それからなんだかすごく真剣な目をして、

「おれは、いつでもおまえに幸せそうな顔でいて欲しい。そのためなら、どんなことでもするよ」

「それは嬉しいけど……あんまりそんなことばっかり言ってると、ブラコンって言われちゃうよ」

兄さんは、心外だ！　という顔で、

「ロバートも、アランも、おれのことをブラコンだと言うけど……これくらい、普通だよな？」

「そ、そうかな？」

僕は笑ってしまう。……慎也兄さんは、じゅうぶんブラコンだと思うんだけど。

兄さんは、すっかり元気になって立ち上がると、

「そうだ！　お茶のほかにもおまえにおみやげがあるんだ！」

玄関に置いてあった小型のトランクを持ってきて、そこから色々なものを取り出しながら、

「ファーストクラスのキャビアと、チーズと、フォアグラの缶詰と、それに一番いいワインだ！　今夜は晶也と飲むぞー！」

「うわ、兄さん、またそんなことー」

僕は笑いながら、少しホッとしていた。

兄さんの様子がヘン、って思ったのは……きっと僕の気のせいだよね？

MASAKI・5

「俺が昨夜言ったことは、嘘でも冗談でもありません」

俺は、会社帰りのスーツのまま、リビングに立ち尽くして言う。

部屋に入ると、父親はソファに座って外を眺《なが》めていた。

その姿を見るだけで、俺の怒りが沸騰《ふっとう》してしまった。狂暴な声になるのを、止められない。

父親は、わざとらしいほどゆっくりと振り向き、冷静な仕草でソファを示すと、

「そんなところに突っ立っていないで、座ったらどうだ？」

その無感情な声に、また感情が爆発しそうになる。

俺は、怒りを静めようと努力しながら、言われた通りにソファに座る。

……ただし、彼とはとても離れた場所に、だが。

磁石のN極とS極が激しく引き合うように、晶也といる時には、このまま一瞬も離れたくない、という気持ちになる。

父親といる時に湧いてくるのは、それとは全く逆の感情だ。

磁石の同じ極が反発し合うように、父親の傍にいることは、俺を息苦しくさせる。

「篠原君は……」

父親の言葉に、顔を背《そむ》けるようにして窓の外を凝視していた俺は、ハッとして振り向く。

「……大丈夫だったか？　額は」

「幸《さいわ》い傷は残りませんでした。腫《は》れもすぐ引いたし。その点は、素早く冷やしてくださったあなたに感謝します。ただ、気をつけてください。彼に……」

俺は、父親をまっすぐに睨《にら》み付けて、

「……彼に万が一のことがあったら、相手が誰であろうと、俺は容赦《ようしゃ》しませんよ」

彼は、驚いたように一瞬眉《まゆ》を上げ、それからふっと笑い、

「……美しき友情だな」

その言葉に、また感情が爆発しそうになり、俺は拳《こぶし》を握り締めてやっとのことで耐える。

晶也の、『認めてもらえたらいいのに』という静かな声が脳裏をよぎる。

……そうだ。俺が父親と争っても、なんの解決にもならない……。

「友情ではありません。俺と彼は愛し合っている。恋人同士です。昨夜、そう言ったはずですが？」

静かな声を出そうとするが……語尾が怒りに震えてしまう。

父親は、感情を全く動かさないまま、俺をまっすぐに見つめ、

「男同士で恋人になれるわけがないだろう？　いつまでもそんな子供のようなことを言っていないで、さっさといい女性を見つけて、結婚でもして……」

「お父さん」

俺は、父親の言葉をさえぎり、

「俺は、女性と結婚する気は、まったくありません。今も、これからも」

言いきると、彼は呆気《あっけ》に取られたような顔で、一瞬黙る。それから、

「本気なのか、雅樹？」

「本気です。俺は一生、晶也と一緒に暮らすつもりです」

俺が言うと、父親は呆然とした声で、

「篠原君と？　彼のご両親はなんと言っているんだ？　知っているのか？」

「いいえ、まだです。しかし、時期をみて、きちんと話すつもりです」

父親は、眉間《みけん》に苦しげなシワを寄せ、手で顔を覆《おお》うと、

「……この黒川圭吾の息子が、最近流行《はやり》のゲイだというのか？　……勘弁してくれ」

晶也や息子のことよりも、自分の保身を考えたその一言に、俺の怒りが一気に沸騰する。

しかし俺は、必死で拳を握り締めながら、

「俺と晶也の関係が、世間一般で認められるものだとは思っていません。でも俺たちは本気で愛し合っています。彼との関係を認めて欲しいんです」

俺は、相手の顔をまっすぐに見つめ、本心から言う。

「俺は、晶也とのことを、周りの人々皆に認めてもらえたらいいと思っています。あなたも例外ではありません。……すぐに結論を出せとは言いません。しかし、本気でカミングアウトした俺と晶也のためにも、目をそらさないで真剣に考えてみて欲しいんです」

俺は、救いを求めるように、晶也の穏《おだ》やかな笑顔を思い出す。

そして、生まれて初めて、ずっと反発していた父親に向かって、深く頭を下げる。

「……お願いします」

父親は、しばらく無言のままでいたが、ふいにソファから立ち上がる。

驚いて顔を上げる俺に、いつもの冷淡な表情で、

「わたしが、彼とのことをどうしても認めないと言ったら……おまえはどうする？」

俺の目の前が、一瞬怒りで白くなる。俺は拳を握り締め、怒鳴《どな》るのだけは抑えながら、

「俺は、迷わずに晶也を選びます。……あなたとは、父子《おやこ》の縁を切らせていただきます」

父親は、小さくため息をついて、俺に背を向ける。ドアに向かって歩きながら、

「わかった。考えてみよう。……いい結論が出るとは、約束できないけれどね」

AKIYA・6

「……いた……！」

水曜日の、終業後。

そのブラウンのクラシックな車は、会社から五十メーターほど離れた辺り、路上駐車の車の間、会社から見て目立たない所を選んで停《と》まっていた。

……面接なんて言ったのは、兄さんのシャレなんだろうし、別に緊張しなくていいんだろうけど……やっぱり、なんだか緊張する……。

車の窓ガラスには、品を保った程度に薄い色の偏光ガラスが使われていて、中がよく見えない。

……格好いい車だなー。

「……篠原晶也様ですね？」

いきなり後ろから声がして、僕は飛び上がる。

振り向くと、目立たないダークスーツを着た温和そうな中年の男の人が立っていた。

驚いてる僕に少し笑いながら、後部座席のドアを開けてくれて、

「驚かせて失礼しました。……どうぞ」

「あ！　はい！　すみません！　お邪魔します！」

僕は緊張に声を上ずらせながら、車に乗る。彼が、外からドアを閉めてくれる。

……ああ、びっくりした。

……そうか。アランさんが直接迎えに来るとは言ってないし。

……彼は、オフィスとかで待ってるのかな？　そうだよね、彼はなんたってR&Yの社長だし。わざわざ車で僕なんかを迎えに来るわけなくて……。

フカフカのシートに身を沈めながら、僕は緊張を解いてため息をつく。

「……ふう」

「こんばんは」

そして、いきなり車内に響いた低い声に、また驚いてしまう。

横を向くと、広いシートの向こう端に、スーツをきっちり着こなした男の人が座っていて
……。

兄さんの同僚のロバートさんを見た時も、すごい美形だ！　と見惚《みと》れてしまったけど……。

「ア、アランさん、ですか？」

言うと、彼の形のいい唇が、少しだけ笑みを浮かべる。

歳《とし》は二十代後半だろう。だけどさすが経営者、なんだかすごく落ち着いてる感じ。なめし革のように滑《なめ》らかな、陽《ひ》に灼《や》けた肌。きっちりと彫り込まれたような、端整な顔立ち。

ロバートさんは、お父さんが中国人、お母さんはアメリカ人って言ってたから……アランさんもハーフなんだ。その彫りの深いところは、やっぱり欧米の血が混ざってるんだろう。だけど、彼の醸《かも》し出す、深い海の底を思わせるようなシンとした雰囲気は、まぎれもなくアジアの……。

まつげの長い、奥二重の目。ひた、と僕を見つめる、その瞳《ひとみ》は……。

……き……綺麗《きれい》な目……。

僕は、思わず見惚れてしまう。

お父さんとお母さんのどちらかが黒い瞳だと、ほとんどの場合、黒い瞳の子が産まれるって聞いたことがある。ロバートさんも、綺麗な黒い瞳だったし……。

……だけど彼は……。

彼の瞳は、最高級の翡翠を思わせる、深く透き通った……グリーンだった。

まっすぐに見つめられると、魅《み》せられたように身体《からだ》が動かない。

まるで造り物のように清潔《せいけつ》で、人間臭《くさ》さのない、どこまでも端正な彼の雰囲気。

だけどその眼差《まなざ》しにだけは、どこか苦しげな、濡《ぬ》れたようなものを含んでいる。

そのすごくセクシーな眼差しは、雅樹になんだか似ていて……。

僕の心臓が、ズキンと跳ね上がる。鼓動が、どんどん速くなっていく。

……ど、どうしちゃったんだろう、僕……？

「……君がシノハラ・アキヤくんか。やっと会えた……」

その声に、僕はやっと我に返る。

……ああ、僕、初めて会った人の前で、なにをぼんやりしちゃってるんだろう……？

「わたしはアラン・ラウ。中国系アメリカ人で、R＆Yという会社を経営している。よろしく」

薄型の金色の名刺入れを出し、英語で書いてある、すごく立派な名刺を渡してくれる。

「僕、篠原慎也の弟で、篠原晶也といいます！」

僕は慌てて内ポケットから名刺入れを出して、会社用の名刺を一枚取り出す。

「名前はこういう字で……ガヴァエッリのデザイナー室で働いてます！　はじめまして！」

差し出すと、彼は長い指を持つ美しい手で受け取ってくれる。

その貴族的な優雅な手は、雅樹のそれによく似ていて……。

僕の、会社指定の地味な名刺が、彼の手の中だとすごくみすぼらしく見える。

彼は、なぜか、僕の名刺を貴重《きちょう》なものででもあるかのように大切に手に包み、ジッと見つめる。

また赤くなる僕を、彼はふいに見つめ、静かな声で、

「君は水晶なんだね。だからこんなに美しくて透き通っているのか。……なんて上質なんだろう」

彼の発音は流暢で丁寧《ていねい》だった。だけど、ネイティヴな言語を別に持つ人らしい、歌うような、詩の韻《いん》をふむような、独特のリズムがあって……なんだか不思議な呪文《じゅもん》みたいに聞こえる。

僕はものすごく誉《ほ》められたような気がして、一人で赤くなってしまう。黙ってしまった僕に、

「失礼。変なことを言ってしまったかな？　日本語は難しいね。ええと……北京《ペキン》料理は好き？」

呆然としていた僕は、笑いながら言われた現実的な言葉に、やっと我に返る。

「は、はい、好きです！　……って言っても、僕は北京料理と四川《シセン》料理の区別もつきませんけど。ええと、でも中国料理はみんな好きです！」

「それはよかった」

アランさんはその端正な顔に人好きのする笑みを浮かべると、運転手さんに向かって、

「高田《たかだ》さん、では赤坂《あかさか》までお願いします」

「……かしこまりました」

運転手さんが言って、車はほとんどエンジンの音をさせないままで滑り出す。

路上駐車の列から器用に抜け、広い道路に出ると、交差点の赤信号で停まる。

……そういえば、まだ会社のすぐ傍だったんだ……！

現実に戻った僕は、ちょっと青ざめる。

……誰かに見られちゃったら、そして知らない人の車に乗ったのが雅樹の耳に入ったとしら……！

今夜は、悠太郎と、柳くんと、広瀬くん、それに雅樹のチームの瀬尾さんっていういつもの宴会メンバーに、飲みに行こうって誘われてたんだった。

僕は、アランさんとの約束があったから断ったんだけど……。

僕は恐る恐る会社の方を振り向き……そのまま硬直する。

「……ヤバい。悠太郎たちだ……！」

会社帰りのスーツ姿の四人組が、こっちに向かって歩いてくる。

一緒にいると気がつかないけど、こうして見ると皆、背が高くて……けっこう格好いい。

いつもの通りバカな話でもしているのか、楽しそうに笑いながら、車の脇の歩道を歩き抜ける。

黒のゴルチエの上下でキメている悠太郎は、学生時代とは比べ物にならないほど大人びて見える。

皆からジャニーズ系と言われてる、ちょっと少年ぽい表情の整った顔。白い歯を見せて笑いながら振り向き、少し後ろを歩いている柳くんの肩を、拳で殴る真似《まね》をする。

その拍子《ひょうし》に、悠太郎の視線が流れ……僕の乗っているリムジンに、ピタリと焦点《しょうてん》が合う。

彼の顔から一瞬にして笑いが消え……その眉の辺りに不審そうな翳《かげ》がよぎる。

「……悠太郎……」

「大丈夫。夕方だし、外からはほとんど見えないよ」

アランさんの、柔らかく囁くような声。

信号が変わり、車が流れ出す。

追い越すこの車を、まるで僕の姿が見えるかのように、悠太郎の視線が追ってくる。

振り返って、小さくなっていく悠太郎たちの姿を見ながら……なんだか僕は、すごく寂《さび》しい気持ちに襲われてしまう。

……雅樹がいて、皆がいて、忙しいけど楽しくて、毎日笑ってばかりいた生活が……このまま消えてしまいそうな……。

……今の景色みたいに、遠くにいってしまいそうな……。

「むりやり誘って……悪かったかな？」

寂しげに聞こえるほど静かなアランさんの声に、僕はハッと我に返る。

「いえ、むりやりだなんて、そんなこと。ただ、こんな立派な車に乗せてもらってるとこを見られたら、皆に冷やかされちゃうなあ、なんて思って」

笑いながら言うと、アランさんも少し安心したように笑う。

彼の笑顔に見惚れてしまいながら、僕は自分にあきれていた。

……なにを寂しくなっちゃってるんだろう、僕？

……やっぱりこんな立派な車に乗って、緊張してるのかな……？

ガヴァエッリ・チーフのリムジンには、何度も乗せてもらったことがある。

だけど、あの人が専用に使ってる車で、運転手さんも専属だから、すっかりくつろいでしまう。

ガヴァエッリ・チーフのお気に入りのお酒とか並んじゃってるし（会社帰りの車の中からもう飲むなんて、不謹慎《ふきんしん》というか、優雅というか）、悠太郎と運転手さんは仲良しだだし、設置された小型の冷蔵庫には、皆が勝手に入れたらしいカルピスウォーターとか入ってるし……。

横目でうかがうと、アランさんは、リッチな内装のリムジンに見事に馴染《なじ》んでる感じがする。

自分が不相応な場所に紛《まぎ》れ込んでしまったみたいで……僕は少し居心地が悪い。

僕は、アランさんに気づかれないように、小さくため息をつく。

……雅樹……。

雅樹のマスタングの助手席が、なんだか懐かしい。

すごく、遠い場所のような気がする。

僕以外の誰も乗せていない証拠に、少し前気味にセットしてある助手席のシートは、動かされていたことがない。

いつ乗せてもらっても、その前に僕が降りた時のままだ。

彼の部屋も同じ。僕が帰った時のまま、見慣れないものが増えていることもない。いつ僕が行ってもいいように整えられて、待っていてくれたのが解るみたいな……。

その感じは、僕にとってはすごく居心地がいい。

『君はいつでもここにいていいんだよ』って言ってもらってるような気がする。

……雅樹……。

僕の胸が、ぎゅっと痛む。

僕は、やっぱり雅樹を愛してる。そして、やっぱり信じてる。

何を目撃したわけでもなく、証拠があるわけでもなく、ただ柏原くんがチラリと言った言葉に、動揺しちゃダメだ。

柏原君は、『エッチが上手いかも！』って言っただけだ。

そうだよ、ホントにそんなことしたわけがない。きっと彼は、単なる想像で言っただけで……。

速くなる鼓動を抑えようとして、僕は拳を握り締める。

……僕は雅樹を愛してる……。

僕は、呪文のように心の中で呟く。

……僕は雅樹を信じてる……。

きちんと話をしなきゃ。雅樹にきちんと聞いたら、そんなの誤解だって、笑ってくれるんだ。

彼の笑顔を思い出すだけで、少しだけ落ち着いてくる。

……僕は、雅樹を愛してる……。

僕は、不安な気持ちを抑えようとして、心の中で何度も呟いていた。

アランさんが連れてきてくれたのは、赤坂にある中国料理店だった。

香港《ホンコン》出身の有名なデザイナーが手がけたって本で読んだことがある、無機質なイメージの内装。

ゆったりと配置されたシノワズリな感じのインテリアは、すごく趣味がいい。

黒い石張りの重厚なエントランスから店に入ったとたん、支配人らしき人が飛んできた。

そして、なにも言わないうちに、店の一番奥にある立派な個室に案内してくれた。

「……すごい……」

僕は、思わず呟いた。

地下にあるその店には、ドライエリアに当たる中庭があり、個室の大きな窓からはそこを望むことができるんだけど……、

「……桜だ……」

支配人らしき人が引いてくれた、中庭がよく見える椅子に座りながら、僕は呟いていた。間接照明だけに明かりを落とされた室内から、中庭でライトアップされた大きな桜の樹を望むことができる。

まだ少し早いけれど、少し膨らみ始めた蕾が、薄いピンク色の雲のように夜空に広がっている。

「桜は好き？」

アランさんが、低い声で言う。振り向くと、彼の綺麗な翡翠色の瞳が僕をじっと見つめている。

僕は、思わず赤くなってしまいながら、

「好きです。桜が満開の季節には、会社の仲間と毎日お花見ばっかりしてます」

アランさんは、優しく笑ってから、ふと窓の方に視線をうつし、

「わたしもとても好きなんだよ。この桜は、ほかの場所から植え替えたものだから、綺麗に咲くかどうか心配だったんだが……今年はどうやら大丈夫そうだね」

僕は、彼の言葉を心の中で反芻《はんすう》してから、

「ええと、もしかして……このお店って……」

「三年前に、わたしが建てたんだ。中国からシェフを呼んでね。経営は総支配人に任せきりだけど」

僕はその言葉に驚き……それから、あらためて認識してしまう。

……そうだよね。この人って、まだ若いけど、R&Yの社長なんだよね……。

……ロバートさんも、このアランさんも、僕とは別世界の人だ。すごいなあ……。

僕は、ため息をつきながら、

「この桜、満開になったら、綺麗でしょうね」

「満開は、来週くらいかな？　その頃、わたしは日本にはいないけれど」

なんとなく寂しげな声。顔を上げると、彼は静かに微笑《ほほえ》んで、

「経営者なんて、なるものじゃない。わたしは本当は、デザイナーとしてやっていきたかったよ」

……そうか。そういえばこの人もたしか、デザインの勉強をしてきた人なんだよね。

「どうして、デザイナーをやめちゃったんですか？」

「五年前に経営者だった父が亡くなって、すぐ後に共同経営者だった母も亡くなった。ロバートは宝石には一切関心がないし、わたしが跡をつぐしかなかった」

さらりとした彼の口調に、僕の胸がきゅっと痛くなる。

「……すみません。つらかったでしょう。なんか余計なこと聞いちゃって、僕……」

アセッてくちごもる僕に、アランさんは、

「気にしないで。それも運命だったんだよ。……君は、とても優しい子だね」

テーブルの上に置いた僕の手に、雅樹のそれによく似た、彼の美しい手が重なってくる。

ああ、ひんやりと乾いていて、でもどこかに熱を宿していて……感触まで雅樹の手に似てる。

呆然と見上げる僕に、彼は静かな、でもすごく真剣な声で、

「晶也くん。うちの会社で、ジュエリーデザイナーとして働いてくれないか？」

「……え……？」

「ヴォーグ・ジョイエッリに載った君の作品を見た。そして忘れられなくなった。その後も、ガヴァエッリのカタログに載った君のデザインした商品を見て、そして……君しかいないと思った」

透き通った翡翠色の瞳で見つめられて、僕の思考が麻痺《まひ》してしまう。

「ロスにおいで。お兄さんと一緒に住んで、うちの会社で働いてくれないか。君しかいないんだ」

韻を踏むような、彼の不思議なイントネーション。心地いい響きの、セクシーな低い声。

僕は何もかも解らなくなって、思わずうなずきそうになり……慌てて、

「いえ！　すごく光栄だし、嬉しいんですけど、僕、今の会社を辞《や》める気はないので！」

さりげなく手を引いて、彼の指から逃れる。

いけない。雅樹の手によく似た彼の手に触れてると……何も考えられなくなっちゃう……。

落胆したような顔をする彼の顔を見て、僕の良心がズキンと痛む。彼は、

「ムリに、とは言えないな。ガヴァエッリでのデザイン業務は、全てがうまくいってい
る？」

「ええ、すべての点で、とても。……とは、言えないかな……？」

あの商品のことが頭をよぎって、僕の心がまた痛む。その痛みに、思わず口がすべってしまう。

とても強引だった首藤《すどう》チーフ、優柔不断だった今井チーフ、なかなか腕の上がらない職人さん。あの調子じゃ、これからも同じことが起こるだろう。僕が頑張ったって、きっとムダで……、

「……どうしたの？　もしかしたら、職人さんの問題？　ガヴァエッリは最近、商品を量産するようになってきた。商品の質をいままで通りに保つのは……難しいだろうな」

彼の言葉に、僕は驚いてしまう。……さすが、元デザイナーさん。鋭い指摘だ……。

「あ、いえ、僕のせいなんです。自分の力不足を職人さんのせいにしちゃ、いけないですね」

反省しながら言った僕を、彼はその魅入られそうな翡翠色の瞳で見つめて、

「R&Yには、最高の技術を持つ職人しかいない。君のデザインを、今までのガヴァエッリ
……いや、それ以上の美しさで再現してみせる。約束しよう」

その囁くような、思考の全てを奪ってしまうような美声。

「君を一目で好きになってしまった。将来は、君を養子として迎え入れ、R&Yの後継者にしてもいい。君は、世界的に有名な会社を使って、自分の好きなことができるんだ」

彼の、翡翠色の目に見つめられると、深い深い水底にいるような気がする。

「……ロスにおいで。わたしと一緒に」

僕の心が、迷いにふわりと揺れる。

……この人と一緒に、ロスに行ってしまえば……？

……仕事もきっと充実して、人間関係の悩みも消えて、なにもかも忘れられて……？

「い、いえ、僕、今の会社辞める気ないので……！」

慌てて言いながら、僕は内心すごく驚いていた。

……ああ、どうして今、一瞬でも迷っちゃったんだろう、僕……？

その晩、僕は後ろめたくて……雅樹に電話をすることができなかった。

MASAKI・6

「このままでは、ガヴァエッツリ・ジャパンというブランドは危ないかもしれない。……ということは、ガヴァエッツリの日本支社デザイナー室の存続自体が危ないということだ」

終業後のデザイナー室。俺はアントニオに呼び止められて、一人残っていた。

アントニオが、苛々《いらいら》と煙を吐《は》き出しながらデスクの前に立った俺を見上げる。いつも能天気な陽気さを湛《たた》えている目には、苦悩の翳がある。

「ガヴァエッツリ本社が、日本支社のデザイナー室の存続を認めた条件は、『日本独自のデザインラインを確立し、日本でのガヴァエッツリの知名度を上げ、売り上げを延ばすことに貢献《こうけん》する』というものだ。しかし、肝心の商品がこれでは……」

アントニオの視線が、デスクに置かれたベルベット張りのケースに落ちる。

そこには、ガヴァエッツリ・ジャパンのタグをつけて売られる商品、晶也のデザインしたリングのシリーズが並んでいる。

ガヴァエッツリ・ジャパンの商品は、これまで何度か市場に出回ってきた。

デザインも価格との兼ね合いもよく、今までの分はとりあえず好評だったのだが……。美しいものを作り出すことに関しては、絶対に妥協を許さないアントニオ。彼は、眉間に怒りの深いシワを刻《きざ》んで、

「営業企画室のチーフが、さっき持ってきた。デザイナーの許可を得、工場に原形をまわして量産に入っている商品だと言って。雑誌用の商品撮影も終わったらしい。だが……」

言って、指に挟んだ細身の煙草《たばこ》で乱暴に示すようにして、

「はっきり言って、これは宝飾品にはとても見えない。わたしには、ゴールドとプラチナとダイヤを使った高価な……だが、ただのオモチャに見える。……おまえにはどう見えるんだ、マサキ？」

俺は、晶也の作品を見つめながらしばらく胸の痛みに耐え、それから声を絞《しぼ》り出すようにして、

「ゴールドとプラチナとダイヤを使った、ただのオモチャに見えます」

アントニオは、鋭い視線で俺を見つめてから、書類をめくり、

「こんなものに……ええと、ゴールドが二十万円と……プラチナが三十万円？　そんな値札をつけていいと思うか？」

「思いません」

俺は、晶也の作品全てを覚えている。そして、それを描いていた時の彼の様子も。

晶也は、いつものように血を吐くようにして苦しみながらこのシリーズのデザインのラフ案を練り、二晩、一睡もしないでこのリングのデザイン画を描き上げた。

晶也のチームの田端の許可を得、俺のチェックに通り、一番厳しいアントニオからもそのデザインの商品化を許された時の、晶也の輝くような笑顔を俺は忘れない。

晶也のデザインは、ふっくらとしたリングの表面全体に、七十分の一カラット程度のメレーダイヤが埋め込まれたものだった。パヴェ・セッティングという昔からある技法だが、ごく小さく丸みのある爪を使い、石畳のように表面全体にきっちりとダイヤをセッティングする。リングの表面は、まるでダイヤモンドを削り出して作ったかのようにきらめいて美しいはずだ。

晶也が描いたデザインは、それを引き立たせるように柔らかな、晶也特有の絶妙なラインを描くリングだった。

そのデザイン画を見た時の陶然《とうぜん》とした気持ちを、今でもはっきりと思い出せる。

これが商品化され、美しいダイヤモンドを埋め込み、光を反射したら……どんなに美しいか。

……しかし。

「ガヴァエッツリの紋章のついたタグをつけ、店頭に並べる……それはガヴァエッツリ一族が許可し、これまでの長い歴史に恥じない商品だと認めたということだ」

アントニオは言い、ほとんど吸っていない細身のタバコをきつく灰皿に押し付ける。そして、ガヴァエッツリ家の一員であり、副社長である、厳しい目で俺を凝視し、

「どんなに低額の商品でも、例外は認めない。わかるか？」

「……わかります。明日、この商品についての会議を開かせます。このような商品が出来上がってしまった責任はどこにあるのか、今後このようなことが起こらないようにするにはどうすればいいのか……担当者に話し合ってもらいます」

アントニオは、苦しげな顔で俺を見上げ、

「若手社員からの要望で、ガヴァエッツリ・ジャパンの商品作りには、ほとんど口を出さないという姿勢を取っている。わたしたちがチェックをするのはデザイン画まで。貴金属で作る前のシルバー原形、石選びやそれを留めた後のチェックは、若手の彼らに任せてある。おまえも、この商品を見るのは今が初めてだろう」

「そうです」

「この商品に許可を出したのは……アキヤだな？」

心になにかが突き刺さったように痛む。うなずいた俺を見上げ、アントニオは、

「……好きにやりたい彼らの気持ちはよくわかる。確かに勉強になるだろうし、若い顧客向けの姿勢としてはまちがってはいないだろう。だが……まだ彼らには、力不足だったかな？」

アントニオは、リングの一つを摘み上げ、目を眇《すが》めるようにしてしばらく見つめてから、

「言っては悪いが、最悪だ。……どう思う？　意見を言ってくれ」

俺に差し出す。俺は手のひらにそれを受け取り、目の傍に近づけ、ダイヤを点検しながら、

「ダイヤの質が揃《そろ》っていない。ワンランク下のダイヤが混ぜられています。というよりはこの価格にしては、全体的にダイヤの質が悪すぎる。池の氷のように不純物が多い。透明感もない」

俺は、リングをひっくり返して裏面を覗《のぞ》き、

「使う貴金属の量をなるべく減らすために、裏面は深くえぐってあります。この太さでは着けた時に重く感じないように裏面を削って重量を減らしても文句は言えませんが、ここまでえぐると裏抜きには見えない。処理も汚いせいで、いかにもチープです」

リングの指に当たる部分を指でたどって、その手触りを確かめ、

「指に当たる部分を丁寧に処理していないために、側面から裏面へのエッジに尖《とが》った感じがある。これでは着ける時の感触がよくない」

最後に表面のダイヤを留めている爪に指で触れてみながら、

「爪の位置がきちんと計算されていない。しかも留めた後の爪を綺麗に丸く処理していないせいで、触ると違和感がある。しばらく使っているうち、どこかにひっかかり、爪が開き、石落ちの原因になるでしょう。パヴェ・セッティングでは、石と石との間にできる少しの隙《すき》

間《ま》にも処理を施《ほどこ》して光を反射するようにするべきですが、その処理が粗いせいで、全体的に汚らしい」

「おまえがチェックしたとしたら……結果は？」

「量産の許可は出しません。一から作り直しです」

アントニオは、俺が差し出したリングを受け取り、ケースに戻す。それから、ケースの脇にあった書類封筒を取り、その中からスタジオ撮影されたらしい商品写真を何枚か取り出す。デスクに広げられたそれらは、プロのカメラマンが撮《と》ったらしい美しい写真だったが……画面の鮮明さが、この商品の作りの粗さと宝石の質の悪さをますます際立たせてしまっている。

この写真が雑誌に載せられたとしたら……それはガヴァエッツリという会社と、そこのデザイナーのアキヤ・シノハラの著《いちじる》しいイメージダウンになるだろう。

「雑誌とのタイアップの話も中止だ。こんな商品が載るくらいなら、死んだ方がマシだ。ほかに差し替えられるようなイメージの商品は、ブランド、ガヴァエッツリ・ジャパンにはまだないし」

アントニオは、この雑誌との仕事は二度とできなくなるがな、と憂鬱《ゆううつ》そうに付け加えてから、

「この商品見本を見てすぐ、わたしは工場に連絡を入れて、量産をストップさせた。今のと

ころ、金銭的な損失は、商品作り直しの分で……二百万円くらいかな？」

言いながら額に手を当て、深いため息をつく。

「このくらいのうちに気づいてよかった。内藤《ないとう》の事件の時の損失で、本社からはそうとう睨まれている。ただでさえ、マジオは、わたしの足を掬《すく》おうとして鵜《う》の目鷹《たか》の目だというのに……」

数ヶ月前、内藤という社員がガヴァエッリのデザイナー室からデザイン画を盗み、他社に売りさばいてしまった事件があった。その損失は一千五百万円にものぼった。アントニオの説得で、本社の方はなんとか引き下がったようだが……もう一人の副社長、アントニオの実兄のマジオ・ガヴァエッリは最後まで責任を取れとうるさかったらしい。

「まあ、いくらマジオがうるさくても、わたしとおまえに勝てるとは、とうてい思えないがな」

アントニオは肩をすくめ、

「明日の朝十一時に、ブランド、ガヴァエッリ・ジャパンに関わったメンバー全員を、会議室に集めろ。たっぷりアブラを絞らせてもらおうじゃないか。おまえのアキヤも例外ではないぞ」

俺はうなずく。アントニオは、ため息をついて立ち上がると、

「仕事とはいえ、お小言は気が重いな。どうせあとからユウタロたちにぎゃーぎゃー言われ

るんだ。名字がガヴァエッリだからって横暴だ！　とか、副社長だからって威張《いば》ってる！とか」

その言葉に、俺は少し笑ってしまう。

デザイナー室のメンバーのいい部分は、相手が誰であろうとあまり気にしない、人に媚《こ》びることを知らないということだ。血統も才能も財産も並外れたこの男に、臆《おく》せずに意見を言える人間が多いのは、歓迎すべきことだろう。

プルル！

アントニオの上着のポケットから、携帯電話の呼び出し音が微《かす》かに聞こえる。

アントニオは、なんとなく嬉しそうな顔で眉をつり上げ、

「ユウタロからデートのお誘いかな？　モテる男はつらいな」

「悪口を言っていたのが、バレたんじゃないですか？」

アントニオは楽しそうに笑い、ポケットからコインを出してデスクにカチリと置き、

「……デートのお誘いに百円」

俺は肩をすくめながら、ポケットからコインを出して、彼のコインの隣に並べ、

「……単なる用事に百円」

アントニオはポケットから携帯電話を取り出すと、通話スイッチを入れて、

「はい、アントニオ・ガヴァエッリ。……やっぱりユウタロか。デートのお誘いだろう？」

得意そうな顔でコインを二枚とも手にさらったアントニオが、

「……え？　……ロールスロイスの茶色のリムジン？　なんだそれは？」

俺は笑いながら手を差し出す。アントニオは悔しそうな顔で俺の手のひらの上に二百円を乗せて、

「知っていることは知っているが……ああ、R&Y社の社長の持ち物だ。だが、彼は今、ロスアンゼルスの本社にいるはずで……なに……？」

アントニオは渋面になって、受話器を俺に差し出し、

「おまえに代われ、だそうだ」

俺は、コインをわざと鳴らしてから、受話器を受け取り、

「はい、黒川。どうした悠太郎？」

受話器からは、BGMと人々の騒ぐ声が聞こえてくる。彼が会社を出てからたいした時間は経《た》っていない。多分、この近所の居酒屋かどこかで飲んでいるんだろう。

『黒川チーフ。あきやと、またなんかあった？　喧嘩とかした？　今夜会う予定ある？』

悠太郎の心配そうな声。その言葉に、俺は少し動揺しながら、

「今夜会う予定はないよ。どうかしたのか？　晶也になにか？」

『あ、いや、別に。たいしたことじゃないんだけどさー……』

悠太郎が、言いにくそうに口ごもる。俺は、

「たいしたことじゃなくてもいいから言ってくれ。君は妙に勘が鋭いから」

悠太郎は、逡巡《しゅんじゅん》するようにしばらく黙る。それから、

『会社の前から、すげーリムジンが走り去った。ガヴァエッリ・チーフなら、リッチな友達の中にそういう車を持ってる人がいるんじゃないかと思って電話したんだけど』

「リムジン？」

『うん。そしたら、R&Y社の社長の持ち物だって言うから……やっぱり……』

「やっぱり？　なにか気になることがあるのか？」

『いや……この間のランボルギーニ・ディアブロの件もあるし……会社の前にいい車が停まってると、ロクなことがないんだよなあ……それにR&Yっていったらロバートの兄ちゃんの……』

ディアブロは辻堂玲二《れいじ》の愛車だった。晶也はこの間、その車でさらわれて……、

「R&Yがどうしたんだ？　ロバートって？　晶也となにか？」

『まあいいや！　そんなことあるわけないし！　あの人ロスだって言うし！　オレの考えすぎだね！』

悠太郎が、いきなり吹っ切ったような声で叫び、

『今、駅前のいつもの居酒屋で飲んでるんだよー。黒川チーフとガヴァエリ・チーフも来なよー』

なんとなく不安な気持ちになってしまった俺は、晶也に連絡を取ろう、と思いつつ、

「……いや。俺は遠慮しておくよ」

『じゃ、ガヴァエリ・チーフに言っといて！　来たきゃ来ればって！　じゃーね！』

いきなり電話が切れる。俺は通話スイッチを切り、アントニオに携帯電話を差し出して、

「駅前のいつもの居酒屋。来たきゃ、来れば？　だそうです」

アントニオは携帯電話を受け取りながら、情けないような可笑しいような顔をして、

「世界に名だたる大富豪・ガヴァエッリ一族の御曹司で、この会社の副社長で、彼らの上司で、しかもこんなクールでハンサムなこのわたしへのお誘いが……『来たきゃ来れば？』……だと？」

俺は肩をすくめて、彼の手の平に二百円を乗せ、ぽんぽんと肩を叩《たた》いて、

「賭《か》けはあなたの勝ちだ。行きたきゃ行けばいいじゃないですか。……明日は遅刻しないように！」

唸《うな》っているアントニオに背を向け、荷物を持って部屋を出る。

俺の心には、悠太郎の言った『R&Y』と『ロバートの兄』という言葉が引っかかっていた。

『……雅樹さんっ！』

駐車場に着き、エレベーターを降りた俺の背中に、彼がイタリア語で叫ぶ声が……。

俺は、本気で怒鳴ってしまいそうになるのを抑え、振り向かないまま車に向かう。

『雅樹さん、待って！　僕、昨日のキス、忘れられなくて……！』

走って来る足音。そして、俺の背中に抱きつこうとする彼の気配が……、

『勘弁してくれ！』

俺は振り向き、やはり両手を広げて抱きつこうとしていた柏原の肩を摑《つか》んで止める。

『俺はこの歳の男だし、むりやりキスをされたからどうこう、などと言う気はない。だが俺が誰かと抱き合い、キスをしたことを知ったら、俺の恋人はショックだろうし、とても苦しむだろう。だからもう、俺には一切手を触れないでくれ！』

彼の目をまっすぐ覗き込み、俺は真剣に言う。

『俺は本気の恋に落ち、そして恋人以外の何も見えなくなった男だ。その人を苦しめないためならなんでもする。その人を悲しませる人間は、誰であろうと許さない』

柏原の目が、驚いたように見開かれる。俺は、彼の肩から手を放し、

『……頼む、柏原くん。俺はこのままでは、自分で自分を許せなくなりそうだ』

柏原の眉間に苦しげなシワが寄る。形のいい唇を嚙《か》み締め、泣きそうな顔をする。

『おやすみ。……明日、朝一番で会議の連絡が入ると思う。遅れないように』

言って彼の脇を擢《す》り抜け、車に向かう俺の背中に、

『あなたの恋人って……デザイナーの篠原晶也さんでしょう？』

思いつめたような柏原の声。俺の足が、凍り付いたように止まってしまう。

全身から血の気が引いていくような感覚に耐えながら、俺は目を閉じ、自分に言い聞かせる。

……違う。誰にもバレているわけがない……彼は、俺にカマをかけているだけだ……。

俺は振り向き、あきれたように肩をすくめてみせながら、

『なんだそれは？　もしかして、事務サービスの女の子たちの冗談を本気にしたのか？』

『見たって子がいるんです！　あなたと晶也さんが、会社でキスしてるとこ！　それに晶也さんのこのあたりに、キスマークがあるの、僕見ちゃったし！』

怒ったように言いながら、襟元のあたりを指差してみせる。俺はため息をついて、

『そんなふうにカマをかけてみてもムダだよ。そんなデタラメを言うと、俺はともかく、篠原くんが可哀相《かわいそう》だ』

言うと、柏原は唇を噛んでしばらく俺を睨み上げる。それから、ふいに悲しげに笑って、

『……ダメか。テキトーに言えば、ひっかかって、相手が誰かを言っちゃうかと思ったんだけど』

『オトナをからかうんじゃない』

俺は言って、彼に背を向け、ポケットから車の鍵を出す。

『雅樹さん、あなたって本当にゲイじゃないんですか？　イタリアにいる頃、辻堂が、あなたのこと「あいつは絶対ゲイだ」って言ってたんです。だから僕、すっかりそうなんだと……』

『もし、ゲイではない、と俺がはっきり言えば、君は納得してくれるのか？』

俺が振り向いて言うと、彼はしばらく考え、それから少し笑って、

『あなたがストレートなら、あきらめがつくかな？　……「君は魅力的だけど、俺はゲイじゃない。だから残念だけど、つきあうことはできない」って、言ってくれます？』

俺は、彼の顔をまっすぐに見つめて、

『君は魅力的だけど、俺はゲイじゃない。だから残念だけど、つきあうことはできないよ』

言うと、彼の目にみるみる涙の粒が盛り上がり、ほおを伝《つた》った。

柏原は、えへ、と笑いながら溢《あふ》れる涙を手のひらでぬぐい、

『……し、失恋しちゃった』

俺の心が、ずきりと痛む。

俺と晶也が出会ったばかりの頃。ストレートだった晶也に恋をしてしまった俺は、彼を手に入れることのできない苦しみに、悩み、傷つき、ボロボロになった。

奇跡のような幸運によって、俺は晶也と両想いになることができたのだが……あの時の気持ちは、今でも忘れられない。

柏原が、俺などのことをどれほど本気で想っていてくれたのかは解らない。だが、彼は今、あの時の俺と同じようなつらさに耐えていて……。

柏原は、子供のように手の甲で涙を拭《ぬぐ》いながら、悲しげに泣いている。

ポケットからハンカチを出して差し出すと、彼は素直に受け取って涙を拭い、

『……うう、すみません。これじゃ、あなたが部下をイジメたみたいに見えちゃう』

『駅まで送るよ。助手席はダメだが、後ろでよければ』

後部座席のドアを開けてやると、柏原は驚いたように目を見開いて、俺を見上げる。

『泣いている部下を、放っておけないだろう？　上司として』

言うと、彼の目からまた涙が溢れる。彼は、俺のハンカチに顔を埋めるようにし、微かな声で、

『……あなたって、上司としてなら最高だなあ……』

ＡＫＩＹＡ・７

「十一時から、緊急会議を開く。ガヴァエッリ・ジャパンに関わった者は、すべて会議室に集合してくれ」

木曜日のデザイナー室。雅樹の厳しい声に、僕らは黙って顔を見合わせる。

今朝から、雅樹もガヴァエッリ・チーフも険《けわ》しい顔で黙り込んでいて……。

僕らは、これはただごとではない、と感じていて……。

その中でも一番焦っていたのは、僕だろう。

『ガヴァエッリ・ジャパンに関わった者』と指定されたからには、そのブランドの商品になにか問題が生じたってことで……。

脳裏に、この間見た、僕のデザインのサンプルがよぎる。

……きっと、あれが問題になったんだ……。

僕は、青ざめながら立ち上がる。時計を見ると、十一時までには三十分ある。

「僕、先に行ってるね」

隣の席の広瀬君に言って、僕はデザイナー室を出る。エレベーターに乗り、営業企画室のあるフロアに向かいながら、僕は震えるため息をつく。

……ああ、どうしよう……。

じたばたしても仕方ないって解ってるけど、僕はとてもデザイナー室にはいられなかった。

営業企画室のドアの前で立ち止まり、中をそっと覗く。

やっぱり不安そうな顔をしてデスクに座っていた柏原くんが、すぐに僕に気づいて走ってくる。

「晶也さん。会議のこと、聞きました？　ガヴァエッリ・ジャパンに関わった者は集まれって言われたけど」

「うん。多分、この間のパヴェ・スタイルの商品が問題になってるんじゃないかと思う」

僕が言うと、彼は心配そうな顔になって、

「とにかく会議室に行きましょう」

僕らは、誰もいない会議室にいた。

「すみません、あれ、やっぱりちょっと出来が悪かったですよね。写真撮影をするのに急いでた営業企画室が……あなたにむりやりOKもらっちゃったみたいで……」

柏原くんが、しょげた声で言う。

彼も、別の会社でデザイナーをしてた人だ。

あの商品の出来が悪かったのは……よくわかっていたみたい。

「いや……僕がちゃんとチェックしなかったから……」

僕は、今さらながらことの重大さに気づいていた。

ガヴァエッリ・チーフと雅樹が出てきたってことは、多分、あの商品の量産はストップされてるだろう。雑誌とのタイアップの話も、もしかしたらボツかもしれない。

僕が新人だった頃に、企画室のミスで不良品が大量に出て、量産がストップしたことがあった。

商品がスムーズに出ないってことは、会社に損失が出るってことだ。

その時は、雅樹もガヴァエッリ・チーフもいなかったけど、やっぱり会議が開かれたらしい。

その時の企画の担当の女の子は、責任を感じて辞《や》めちゃったって聞いた。

……それに……。

あのますべての本数が量産されていたら、世界中のガヴァエッリの店頭にあの商品が並んで、お客様の目に触れたってことだ。雑誌に載るってことは、あれが読者の目に触れるってこと。

あの商品をチェックに通したってことは、そうなってもいい、って言ってしまったようなもので……。

ガヴァエッリにはこのくらいの商品でもいいだろう、って手を抜いたってことで……。

ガヴァエッリ・チーフも雅樹も、仕事にすごく誇《ほこ》りを持ってる。

雅樹はいつも、『どんな小さな仕事にも手を抜かない君が好きだ』って言ってくれてる。

僕が、こんないい加減な気持ちでいたことがバレたら……、

「……ああ、雅樹さんに怒られて、嫌われちゃうかなあ……？」

柏原君の呟きに、僕は驚いて顔を上げる。

彼はため息をつきながら、泣きそうな声で、

「……僕、聞いちゃいました。彼の恋人のこととか。彼が恋人をどんなに大切に思ってるか、とか」

その言葉に、心臓が止まりそうになる。

……雅樹は……僕が恋人だって、彼に話したの……？

僕は、青ざめながら思う。

……そしたら、当の本人を前にした柏原くんは、きっとすごくつらいはずだ。

……彼は、僕を信用して、ゲイだってカミングアウトして、相談までしてくれたのに……。

「……ご、ごめん、僕……」

やっとのことで言うけど、声がかすれてしまう。

「……勇気がなくて、言い出せなかったんだ……」

柏原君が、なにかに驚いたようにハッと顔を上げる。

「……秘密にしててごめん」

僕が言うと、柏原君の綺麗な顔に、つらそうな翳がよぎる。

彼はしばらく考えるように黙ってから、全てを理解したようにその茶色の目を鋭く光らせて言う。

「いいです。僕、前から気づいてましたから」

「……え？」

「あなたが、雅樹さんとキスしてるとこ、見たんです」

「えっ？」

僕は、ものすごく慌ててしまう。

……信じられない！　やっぱりあの時……！

「それに、あなたの首筋にキスマークついてました。……このへんかな」

柏原君は、自分の襟首のあたりを指差す。

僕は青ざめて、思わず自分の首筋に手をやる。

……うそ、こんなところにキスマークが……？

「大丈夫。もう消えてますよ」

柏原君は、なんだか半分泣いてるような、こわばった笑いを浮かべ、

「……僕、あきらめません。あなたと雅樹さんのこと、許しませんから」

きつい目で見つめてくる彼に、僕は青ざめる。

……ああ、彼はやっぱり雅樹のこと……。

柏原君は、なんだか挑《いど》むような顔で、

「……っていうか、彼が言わないでくれって言うからゴマカしてたけど、もともと雅樹さんは、僕とつきあってたんです。ちょっと喧嘩してたけど。……だから、浮気相手はあなたの方かな」

その言葉に、僕の全身から、血の気が引いていく。

「でも僕たち、仲直りして、また上手くいってるんです。日本に来てから、キスだってしたし、セックスだってしたたし」

……ああ……。

「彼、キスとかすっごく上手いし。セックスの時も、すっごく優しいし。僕、イタリアにいる頃から知ってて。ずっと忘れられなくて」

……うそだ……。

彼の言葉が、僕の身体をすりぬけていく。

僕の心の中にずっと沈んでいた小さな不安が、いきなり大きな黒い波になって僕を呑み込

む。

……雅樹……。

……雅樹……信じてたのに……。

僕はもう、透明になってしまったかのように、何も感じなくなっていた。

会議のあいだ中、柏原君は「ＯＫを出した篠原さんに責任がある」と言い続けていた。

製作課の今井チーフも、青ざめた顔で、「デザイナーの指示に従っただけだ」と主張していた。

デザイナー室や商品企画室の皆はかばってくれてたけど、営業企画室のメンバーからの非難は、僕に集中していた。製作課のメンバーは皆すごく居心地が悪そうにしていて、あの商品を担当した新見《にいみ》さんは、泣きそうな顔でずっとうつむいていた。

「わたしは、一人の人間を糾弾《きゅうだん》するために、この会議を開いたのではない！」

最後には、キレちゃったガヴァエッリ・チーフが叫ぶほど、非難は僕に集中した。

でももう、僕は何も感じなかった。

泣いてもいないのに、泣き尽くして、涙が枯《か》れてしまったような気がしていた。

会議の最後、僕は立ち上がって、頭を下げた。

「……今回のことは、全て、僕の責任です」

消耗《しょうもう》しきったようなかすれ声しかでないところが、自分でも情けなかった。

「……ご迷惑をおかけして、もうしわけありませんでした」

会議が終わり、僕らは会議室を出た。

結局、『ガヴァエッリ・ジャパンも上司の許可を得て、そのチェックを通らなければ、量産をしてはいけない』ってことで結論が出た。

雑誌とのタイアップ企画は、一から見直し……多分、ボツだろう……になった。

商品企画室と営業企画室、製作課の各チーフ、それにガヴァエッリ・チーフと雅樹は、まだ話し合うことがあるみたいで、会議室に残った。

営業企画室のメンバーは、柏原君をかばうようにしながら、すごく不満そうにしていた。『どんなに苦労してタイアップの企画を進めてきたのか、わかってるのか』とかぶつぶつ言いながら。

悠太郎から睨まれて、皆、慌てて散っていったけど。

デザイナー室では、田端チーフとサブチーフの瀬尾さん、三上さんの三人が待っている。すぐに会議の報告をしなきゃならないだろう。田端チーフは、ぜったい根掘り葉掘り聞いてくる。

僕らは、まっすぐデザイナー室に帰る気にはとてもなれなくて、会社の通用口から外に出た。

よくお弁当を食べに来るあの公園に、僕らの足は向かった。

数本ある桜の樹は、蕾をますます膨らませて、もうすぐお花見の季節であることを知らせてる。

いつもなら、皆が楽しそうにはしゃぐ場所なのに……ここで、皆の怒りが爆発してしまった。

「畜生《ちくしょう》！　柏原も、営業企画室のやつらも、許せない！」

悠太郎が怒鳴る。

「単なる責任逃れじゃないですか！　あきやさん一人が悪いみたいに言って、ひどいですよ！」

いつも穏やかな広瀬くんまで、本気で怒ってる。野川さんが、悔しそうに、

「だいたい、井森チーフが辞めた後の製作課は、もーダメダメ状態じゃない！　今井チーフはぜんぜんアテにならないしっ！　職人の子たちは、いつまでたっても上手くならないしっ！」

長谷さんも拳を握り締めて、

「高額品はイタリアの本社の職人さんが作ってくれるからいいけど、ガヴァエッリ・ジャパンは日本支社の職人さんしか作ってくれないんだから！　あの子たちがしっかりしてくれないと、どんなにいいデザイン描いたってムダよっ！」

「この間なんか！　あんまりひどいサンプル持ってきたから『これじゃOKだせない』って言ったら、職人の女の子に泣かれちゃったんっすよ！　優しいあきやさんじゃ、はっきり言えないに決まってます！　あきやさん、落ち込むことないっすよ！」

柳くんが言って、なぐさめるように僕の肩を抱く。駆け寄ってきた悠太郎が、柳くんのその手をぴしぴし叩いてどけさせて、

「こら、ヤナギ！　オレのあきやに触るんじゃないっ！」

それから、なんだかすごく怒った声で、

「でもさ、黒川チーフもひどいぜ！　あきやがあんなに言われてるのに、あの人なんにも言わないで、ずっと考え込んでるだけだったじゃないか！」

その言葉に、麻痺してしまった僕の心が、微かに痛む。

雅樹は、会議のあいだ中、一言も口をきかなかった。

彼の端整な顔は、驚くほど無表情に見えた。

彼はおし黙ったまま、会議机の上に置いた自分の拳をジッと見つめていた。

でも、その顔はどこかがひどく痛んでいるかのように青ざめ、その目には苦しげな光が揺れていて……。

そしてその拳は、白くなるほど、強く、固く、握りしめられていて……。

……優しい雅樹。

……もう、僕のことなんかで苦しまなくてもいいのに。

「……黒川チーフは、なにも悪くないよ」

僕の唇から、かすれた声が漏れた。

「悪いのは、全部僕だ。皆にも、不愉快な思いさせて、ごめんね」

「……あきや……」

悠太郎が、呆然と呟く。野川さんが、

「なによお！　あきやくん、なんで謝るのよお！」

その語尾が震えて、いきなり彼女は泣き出してしまう。

「悲しくなっちゃうじゃない！　あきやくん、そんなに非難されるほど悪いことしてないのに！」

野川さんにハンカチを差し出した長谷さんが、なんだか呆然とした声で、

「ねえ……このことが本社にバレたら、デザイナー室の存続も危なくなるってこと、ある？　この間の内藤くん事件で、一千五百万円くらい損失がでた、って言ってたよね？」

その言葉に、メンバーはハッと顔を上げる。

悠太郎が、厳しい顔で、

「大丈夫だろ？　ガヴァエッリ・チーフと黒川チーフがついてるんだから！」

きっぱりと言い捨てる。

僕はその言葉に、なんだか泣いてしまいそうになりながら、

「うん、大丈夫だよ。どんなことになっても、皆には迷惑かけない」

「あきやくん、なに言ってんのよぉー！」

野川さんが、怒ったような泣き声で言う。

悠太郎が、僕を見つめて、

「……あきや。変なこと考えてるんじゃないだろうな？」

その、考えを全部見透かされてしまいそうな鋭い目に、少しドキリとする。

僕は、慌ててかぶりを振ってみせるけど……僕の心はある方向に、ゆっくりと傾きかけていた。


「マサキとわたしは、今夜の便で、イタリアに発《た》つ」

会議室から帰ってきたガヴァエッツリ・チーフは、デザイナー室に入るなり、言った。

僕らも、そして事情を話してあった田端チーフやサブチーフの二人も、息を呑んだ。

……ついに、本社から呼び出しがかかったんだ。

去年の十一月、日本支社ジュエリーデザイナー室は、本当なら撤廃《てっぱい》されるところだった。

今年の二月にあったデザイン画の流出事件でも、本社、特にもう一人の副社長でガヴァエッツリ・チーフのお兄さん、マジオ・ガヴァエッツリさんは強くデザイナー室の撤廃を主張して

いたらしい。

……きっと、今度こそ……、

「帰りは明後日《あさって》の土曜日かな？　まさにトンボ帰りだ。ローマ観光もできやしないじゃないか」

おどけた声で言うけど、メンバーは誰も笑わなかった。

ガヴァエッツリ・チーフは、皆の暗い顔を見回して、ため息をつくと、

「なんなんだ？　わたしと会えないのが、そんなに寂しいか？」

「……ちっがうよ！　なに言ってんだよ、もう！」

悠太郎が、自分の席で怒ってる。

ガヴァエッツリ・チーフは、肩をすくめると、こっちに歩いてくる。僕の横に立って、

「アキヤ、悪かったな」

「……え？」

「全員に反省をうながすつもりで開いた会議だったが、あんなことになった。ガヴァエッツリ・ジャパンに関係している社員は、思い通りの商品ができないことで、苛立っている」

黒い瞳で僕を見下ろして、

「さっき君を非難していた社員のうち、誰一人として、君に悪意を持っている人間はいないよ。すぐに反省するだろう。……気にするな」

心が、ちくりと痛む。僕は、むりやり笑ってみせて、

「……はい。わかってます」

ガヴァエッリ・チーフの手が動き、僕の髪をふわりと撫でる。

「……妙なことを考えるなよ、アキヤ」

僕にしか聞こえないような静かな声で囁いて、彼が踵《きびす》を返す。


その後は、一日中、僕は一言も口をきかなかった。

心配そうな皆の顔も、苦しげな雅樹の顔も、もう見られなかった。

黙々と仕事をこなし、終業時間になったとたん、僕は席を立った。

雅樹の顔を見ないようにしながら挨拶《あいさつ》をして。

すごく気の毒そうな顔をしてくれるガヴァエッリ・チーフを見て、なんだか良心が痛んで。

そして僕は、一人きりで会社を出た。

吹き抜ける早春の風が、この会社に入社した頃のことを、僕に思い出させる。

『ガヴァエッリなんて有名な会社に、入れるわけないよね』って悠太郎と言い合いながら、試験を受けに来た。

二人揃って採用通知をもらった時は、抱き合って喜んだ。

入社式の日は、こんなふうに少し冷たい、でも春の予感を含んだ風が吹いていた。

着慣れないスーツに身を包んで、すごく緊張しながら、エントランスの階段を上って。あの時の、ちょっと怖くて、でも希望に満ちて、キラキラとしていた気持ちを思いだす。

……毎日毎日、すっごく楽しかったなあ……。

僕は、あの時と同じ階段をゆっくりと下りる。

階段を下りきったところで、エントランスを見上げる。

ガラスと白い大理石とでできた、立派なエントランス。金色の『ＧＡＶＡＥＬＬＩ』の文字。

……こんなことで、さよならしなきゃならなくなるなんて……。

僕の頬を、あたたかいものが一筋、滑り落ちた。

会社から少し離れた歩道、会社帰りのサラリーマンの流れの中に、慎也兄さんが立っていた。

僕は、兄さんに気づかれないようにさりげなく涙を拭い、それからゆっくりと歩み寄る。

「兄さん。迎えに来てくれたの？」

「晶也」

兄さんは、なんだかすごくつらそうな顔をして、

「おまえに、ずっと話さなきゃと思っていたことがある。……おまえが泣くところを見たく

なくて……話せなかったんだが……」

僕は、まっすぐに兄さんを見上げ、

「僕、大丈夫だよ。……なに？」

兄さんは言いにくそうにため息をつき、僕の肩を抱いて、人波の中を歩きだす。

「日本に着いた日、おれは本当は、おまえを迎えにここまで来たんだよ」

兄さんの、少し疲れたような静かな声。

「渋滞がひどくて、着いたのは八時少し前だった。念のためにデザイナー室に電話してみたら、もう誰も出なかった」

……僕が雅樹から合鍵をもらって、慌てて帰っちゃった時だ。

「おれは、せっかく来たんだし黒川さんだけでも残っていないかな、と思ってロビーから駐車場に下りた。この会社にはしょっちゅう来ているから、地下への非常階段の場所も知っているし」

「……駐車場？　雅……黒川チーフの車がまだあるかどうか捜しに？」

「そうだ。そして非常階段の扉を開けたとたん、黒川さんがイタリア語でなにかを言い争っている声が聞こえた。相手は、若くて綺麗な男の子だ。彼もイタリア語だった」

……イタリア語……柏原くんだ……。

「おれはイタリア語はほとんどわからないが、黒川さんは日本語まじりで怒鳴っていて……」

……あの、穏やかな雅樹が……怒鳴ってた？

「ええと……『俺はキスは不器用だし、どうせセックスはヘタクソだ』とかなんとか……」

兄さんは、ものすごく言いにくそうにため息交じりになる。

「そして、最後には財布を出して、彼にお金を渡していた」

「……お金を……」

僕は呆然と言葉を繰り返す。

「おれは、黒川さんをそんなに悪い人間じゃないと思っていた。おまえをあの辻堂という男から助けてくれた時、彼は真剣だった。……だから、おれはこの目で見たことが信じられなかった」

……だからあの晩、兄さんはあんなに沈んでいたんだ。

「その次の日、おれはまた駐車場に行った。黒川さんと話をするために……だが……」

兄さんは、言葉を途切れさせる。それから、決心したように、

「黒川さんは、駐車場でその子とキスをしていたよ」

凍りついたはずの僕の心が、激しく痛む。まるでなにかが突き刺さったかのように。

……柏原くんが言ってたことは、本当だったんだ……。

兄さんが立ち止まり、僕をまっすぐに見下ろしてくる。

「あの男がいる日本にいても、つらいだけだ。兄さんと一緒に……ロスアンゼルスに行こう」

その言葉に、僕は少しだけ迷い……それからゆっくりとうなずいた。

MASAKI・7

『……アキヤの様子は、どうだった？　電話してみたんだろう？』

ファーストクラスの隣のシート。アントニオがイタリア語で話しかけてくる。

俺たちはガヴァエッリのイタリア本社での会議を終え、ローマ発・東京行きの飛行機の中にいた。

出発が遅れていて、飛行機はまだ動かない。窓の外にはレオナルド・ダ・ヴィンチ空港の景色。

いつものアリタリアが予約できず、俺たちはアメリカーナ・エアラインの席を取った。

……そういえば、晶也の兄、慎也氏が勤めているのも、たしかこの会社だったな……。

晶也の衰弱《すいじゃく》しきった様子を思い出し、俺は、心に焼けつきそうな痛みを覚える。

『何十回となく電話をかけましたが、晶也は、一度も電話に出ませんでした』

俺は、深いため息をついて、

『木曜日に、一度だけ、彼のお兄さんが電話にでました。でも、二度と電話をするな、と言ってすぐに切られました。きっと晶也を落ち込ませたことで……そうとう怒っているんでしょう』

『……お客様』

後ろから近寄ってきていたパーサーが、煙草をふかしていたアントニオに向かって、英語で言う。

『当機はそろそろ離陸体勢に入りますので、お煙草の方を……』

その聞き覚えのある声に、俺は思わず振り向く。

彼も俺たちに気づき、その晶也によく似た琥珀《こはく》色の目を大きく見開く。驚いたような日本語が、

「黒川さん！　アントニオさん！　どうしてあなた方がここに？」

アメリカーナ・エアラインの紺の制服を凛々《りり》しく着こなした、端整な顔立ちの彼は……、

「いや、俺は出張でローマに……慎也さん、あなたこそ、どうして……」

まさに、噂《うわさ》をすれば影。そこに立っていたのは……晶也の兄、篠原慎也氏だった。

「……木曜日に電話をした時、あなたは晶也の部屋にいましたよね？」

俺が呆然と言うと、慎也氏は、俺に負けずに呆然とした顔で、

「おれはデッド・ヘッドの昨日の便でローマに来たんです。ローマ～トーキョーだけフライトが……いや、そんなことはどうでもいい！」

彼は言い、みるみる凶暴な顔になる。俺の耳元に口を近付け、きしるような声で、

「……食事が終わった頃、ギャレーに来てください。あなたに話がある」

ファーストクラスの食事は、食前酒選びから始まり、コースの料理が一皿ずつサーブされる。そのうえチーズや食後酒まで饗《きょう》されるので、とても時間がかかる。

慎也氏はプロらしくてきぱきと仕事をこなしていたが、その笑顔はずっとこわばっていた。

食器が片付き、大方のお客が眠り始めた頃を見計らって、俺は席を立つ。

アントニオが、心配そうに眉をひそめて俺を見上げ、

『彼は、そうとう怒っているようだな。アキヤのために殴られたらどうする？』

『それが晶也のためになるなら、俺はなにをされてもかまいませんよ』

照明の落とされた機内を歩き、半分だけカーテンの閉められたギャレーを覗く。

慎也氏は、憧れの目をしたCA《キャビンアテンダント》たちに取り囲まれていたが、俺に気づいて、

『すみません、偶然知り合いが乗っていたんです。彼と話をしてきてもいいですか？』

一番ベテランらしい欧米人女性に、英語で言う。彼女は、俺を見て愛想のいい笑いを浮かべる。

『どうぞごゆっくり。今日は二階席にお客様が一人もいないのよ。よかったら使ってくださいね』

俺は慎也氏の後について、ファーストクラスの二階座席への螺旋《らせん》階段を上る。

「……黒川さん。歯を食いしばってください」

振り向いた彼が、無感情な低い声で言う。

琥珀色の瞳に激しい怒りの色を浮かべ、慎也氏の左手が、いきなり俺のネクタイをつかむ。彼の目がスッと細くなる。耳にシュッという鋭い風切り音。そして……、
ガッ！

俺の頬骨が鳴る。あまりの衝撃に、一瞬意識が白くなり、自分の身体が後ろに倒れるのを感じる。目眩《めまい》と痛みの中、座席の背もたれにすがって……なんとか床に倒れるのだけはまぬがれる。

口の端から、あたたかいものが滑りおりる感触。拭った手の甲に血がつく。唇を切ったようだ。

「……手加減してしまった。どうやらおれは、あなたのことを本当に気に入っていたらしい。あんなことをされてもまだ、本気で殴れないなんて……でも……」

慎也氏が、きしるような声で呟く。

「……晶也には、二度と話しかけないでくれ。晶也はガヴァエッリを辞め、おれと一緒にロスに渡る。邪魔をしないでほしい」

その言葉は、俺にとっては殴られるよりも衝撃だった。

「……ロス……なぜ、そんな……」

俺が呟くと、慎也氏は、まるで自分が殴られでもしたかのような苦しげな顔をして、

「……晶也はあなたを信じていた。なのにあなたは晶也を騙《だま》し、弄《もてあそ》び、挙げ句の果てに別の男に走って晶也を捨てた！　そんな男の傍に、晶也を置いていくわけにはいかない！」

……騙し、弄び、挙げ句の果てにほかの男……？

俺は、呆然としながら思う。

……まさか……。

「月曜日、日本に着いたおれは、晶也を迎えに会社に行った。そして、駐車場であなたが言い争っているところを、偶然見てしまった。あなたはセックスがどうのこうのと言って、最後には男の子にお金を渡していた」

……慎也氏が、あの時駐車場にいた……？

「次の日、信じられなかったおれは、あなたと話をしなければと思って、また駐車場に行った。そして、あなたが同じ男の子と……キスをしているところを見てしまった」

……なんてことだ……！

「慎也さん、それは……」

「言い訳をしてもムダです。おれはこの目で見たんだから」

「言い訳にしか聞こえないかもしれませんが……俺は、その子とはなんの関係もありませ

ん」

「この期《ご》に及んで、なにを……！」

狂暴な顔になった慎也氏が、再び俺の襟首《えりくび》を摑んだ時、

「ミスター・シノハラ！」

螺旋階段の方から声がして、アントニオが下から上ってくる。

「殴ると、彼はデザイン画を描けなくなるかもしれない。忙しいわたしの仕事がこれ以上増えると困るので……あ、もう遅かったようだな」

まだ血が残っていたのか、アントニオは、これは痛そうだ、という顔で俺を見る。慎也氏が、

「アントニオさん！　止めないでください！　この男は……！」

「すみませんが、少し立ち聞きしてしまった。マサキとあの青年とはなんの関係もありませんよ」

「そんな！　かばわないでください！　だってこの男は……！」

「マサキは、明けても暮れてもアキヤのことばかり、の激ラヴ男です。それがあの勘違い青年に迷うとは、とても思えないな。……今回の出張も、元を正せばアキヤのためだったんですよ」

「……晶也の？」

慎也氏は、俺の襟首を摑んだまま、呆然とした声で聞く。アントニオはうなずいて、

「彼は、アキヤのデザインを製品化する職人の腕が落ちていることに、前から気づいていました」

「……晶也のデザインの？」

「彼は、アキヤのデザインの熱狂的なファンで……というよりは、すでに崇拝者《すうはいしゃ》かな？　アキヤのデザイン画を忠実に再現できる職人を日本に呼び寄せるために、ずっと一人で交渉を続けていました。今回の会議で、彼は『お願いします』と言って、社長やもう一人の副社長に深々と頭を下げた。頑固《がんこ》で、冷徹で、とてつもなくプライドの高いこの男が、ですよ。そして、イタリアでもナンバー・ツーの職人を、日本に呼び寄せられるようにしてしまった。

『日本支社のために』などと言っていたが、どうせ本当の気持ちは『アキヤのためだけに』なんだろう？　マサキ？」

アントニオが、あきれたような顔で俺を見る。……バレていたか……。

「『だけ』ではありません。ほかのメンバーのためでもあります。……個人的にいえば、ほとんど、アキヤのためではありますが」

言うと、慎也氏はやっと俺の襟首から手を放し、しかしまだ釈然《しゃくぜん》としない顔で、

「じゃ、どうしてあの時……セックスがどうのこうのとか、お金を渡したり、とか……」

「彼はイタリア時代からの顔見知りで、日本支社に来たとたん、自分とつきあってくれない

か、と言いだしました。俺には晶也しかいないのでもちろん断りましたが、せめて抱いてくれないかというようなことを言われて……」

アントニオが、あきれた声で、それは情熱的だな、と呟いている。俺は、

「……それも断ると、『出し渋るということはセックスが下手なんだろう』と言われ、ついムッとして、『そうだ、俺は下手クソだよ』と言い返してしまいました」

アントニオが手で顔を覆って、そんなことでムキになるなよ、と呟いている。

「お金は、タクシー代です。『帰り道がわからないので車で送ってくれ』と言われましたが、俺の車の助手席は晶也専用なので、断ったんです。しかし、部下が道に迷って家に帰れないと上司としては困るので、万が一の時の用心のために渡しました。次の日、全額返してもらいましたが」

「……じゃ、キスは……」

慎也氏が、呆然とした声で呟く。俺は、

「一方的にされただけです。『顔にインクがついていて、そのままでは恋人に笑われますよ』と言われ、つい窓を開けてしまった。その隙に」

「……じゃ、彼とあなたは……」

「単なる上司と部下です」

慎也氏は、ハンサムな顔に似合わない呆然とした表情で俺を見つめ……それからとても慌

てて、

「す、すみません、殴っちゃったじゃないですか！　早く冷やさなきゃ！　……どうして黙ってついてきたんです？　おれはてっきり、後ろ暗いことがあるからだと……！」

「……職人を呼び寄せる手はずが遅れたために、晶也の商品の出来がよくなかった。そのせいで晶也は会議で社員たちに糾弾され、苦しんでしまった。……あれは、俺の責任です」

「会議？　それもあったのか。ロスに行こうと言った時、晶也はいやに素直にうなずいて……いや、あれは素直すぎたな。晶也も、その青年とあなたの仲を誤解していたんじゃないんですか？」

慎也氏の言葉に、俺はハッとする。

晶也はずっと俺を避けていた。駐車場でのことを晶也までが目撃したというのは考えにくいが……柏原が、晶也になにか言ったということは……おおいにあり得る。

俺はため息をつきながら、

「日本に着いたら、すぐに晶也と話して、誤解をとくようにしなければ……」

「……いや、晶也は……」

慎也氏は、とても困ったような顔をして、

「この飛行機が成田に到着する日の便で……ロスに発ってしまいます」

「なんですって？」

「いや、すぐに引っ越すわけではないんですが、R&Y社の社長、アラン・ラウが日本を発つのと一緒の飛行機でロスに行って……R&Y社の重役面接を受けるとか……」

「R&Y社のアラン・ラウが？　どうして彼が、晶也と？」

アントニオが、とても驚いたような声を出す。慎也氏は、呆然とした声で、

「アランは、おれの同僚パーサーの実兄なんですよ。その縁で、ずっと前から会わせてくれと言われていて……今回のことがあったので晶也と会わせたら、ぜひ雇《やと》いたいと言って……」

「だから、ユウタロが言っていた茶色のリムジンが出てきたんだな？　アランは日本にいたのか。R&Y社に、優秀なデザイナーを引き抜かれるところだった。油断も隙もない」

アントニオがブツブツ言うのを聞いて、慎也氏はとても心配そうな顔になって、

「アランは、前から晶也の才能を認めていた。晶也に会って本当に気に入ってしまったみたいだし、彼は経営者だから顔に似あわぬ押しの強いところがある。そのうえロスでの重役面接にまで通ってしまったら、晶也にはもう、断れないかもしれません……」

晶也は、悪い人間に対しては強いが、悪意のない人間に対してはとても弱いところがある。今回のガヴァエッツリ・ジャパンのことも、きっとそんな彼の性格が原因になっているのだろう。

人がよく、優しいので、人情がチラつくと強く言えない。しかも責任感が強いので、一度

始めたことを途中で投げ出すことができない。

……晶也……。

全身から、血の気が引いていくような気がする。

……このままでは、俺は、君を失ってしまう……？

「晶也が乗るはずの便を教えてください！　成田で、彼を止めます！　ロスには行かせない！」

俺が叫ぶと、慎也氏は、

「アランの会議が済みしだい飛行機に乗る、と言っていたので……どこの会社の何便なのかは……」

「ファーストクラスには、衛星回線の電話が……これは、今、使えますか？」

「ええ、つながるはずです」

俺は、座席の前に設置されていた衛星回線電話の受話器を取る。慎也氏も受話器を取りながら、

「おれは、アメリカーナのオフィスに連絡して、予約名簿に晶也の名前があるかどうか調べてもらいます」

俺はうなずき、財布から出したクレジットカードを使って電話をつなぐ。

悠太郎の家に電話を掛けると、晶也が火曜日まで休みを取ったことを教えてくれた。しか

し、彼は詳しいことは何も知らなかった。ロスがどうしたんだ、R&Y社となにか関係あるのか、と騒ぐ彼にかまわず、俺は慌てて電話を切った。

「黒川さん、アメリカーナの予約名簿に、アキヤ・シノハラの名前はないそうです！」

慎也氏の言葉に、俺は青ざめる。こうなると、ほかのエアラインをしらみつぶしに……、

「……あ……もしかしたら……」

俺は呟き、もう一度電話をつなぐ。呼び出し音が鳴るか鳴らないかのタイミングで相手が出て、

『もしもし、黒川です』

「お父さんですか？　雅樹です」

『雅樹！　おまえ、どこにいるんだ？　何度も携帯電話にかけたのに、ずっとつながらなかった』

「ローマにいたんです。それより、篠原くんから、なにか連絡は……」

『そのことで、ずっとおまえに電話をかけていたんだ。篠原くんは、ロスアンゼルスに発ってしまう。なんだか覚悟をきめたような顔をしていた。止めた方がいい』

「晶也と……会ったんですか？」

『彼は、おまえの部屋の下の桟橋《さんばし》で立ちつくしていた。わたしが気づいて迎えに行くと、最後に思い出の場所を見たかっただけだ、と言っていた。彼は、少し泣いていたぞ』

俺の脳裏に、晶也が初めて俺の部屋に来た時のことがよぎる。

夜明けの桟橋に、一人立ちつくしていた晶也。黒いコート、メイプルシロップ色のシャツ。

寒さに震え、青ざめながら、俺の部屋を見上げていた……。

「彼を止めます。どのエアラインの何便だか教えてください」

俺は、父親が言った飛行機の便名を頭に刻み込み、

「ありがとうございました。今回あなたが来てくれたことに、感謝します。……東京でまた」

俺は言って電話を切り、慎也氏にこの飛行機の到着時間を聞く。

「最初の予定では十七時でしたが、出発が遅れたので……日本時間の十八時十五分です」

……晶也の便の出発は、十九時ちょうど。俺が日本に着いてから、四十五分しかない……。

出発ロビーまでは、入国審査を受け、税関を抜け、そのまま別の階まで行かなければならない。

……しかも、晶也が早めに飛行機に乗り込んでいたとしたら……。

不安な気持ちを迎えるように、俺は拳を握り締めた。

……晶也……こんなことで、君を失うわけにはいかない……！

成田空港の広大なターミナルを、俺は全力で駆け抜けていた。

出発ロビーには人が溢れ、俺の行く手を阻《はば》む。

俺は人をよけ、ぶつかっては謝り、それでも足をゆるめることなく走り続けていた。

電光掲示板を見上げると、晶也の乗る便には、『搭乗手続中』のサインが出ている。

俺は息を切らしながらあたりをみまわし……遥《はる》か遠く、出国手続きの手前のエスカレーターのところに、綿シャツにジーンズ姿で栗《くり》色の髪の、ほっそりとした後ろ姿を見つける。

「あきや！」

俺は大声で叫び、全速で走る。辺りの人間が振り向くが……そんなことにはかまっていられない！

「あきや！　行かないでくれ！」

その栗色の髪の人物は、俺の声が聞こえないかのようにエスカレーターに乗り……、

「あきや！　愛しているんだ！　行かないでくれーっ！」

俺は、走りながら、声を振り絞って叫んだ。

その人物は、俺の大声に驚いたように振り向き……、

「……あ……」

振り向いたのは、確かに美形ではあったが、背の高い、外国人の女の子だった。

……では、晶也は……。

見上げる俺の目の前で、電光掲示板の晶也の便のサインが、『搭乗手続終了』に変わる。

俺は、あまりの絶望に、その場に座り込みそうになる。

……そうだ。あれは飛行機の出発時間だ。そんなにギリギリに搭乗するわけがない。

……晶也はきっと、何十分も前に、ここを通り抜け……。

……今頃はきっと、アラン・ラウという人物と二人で、飛行機の中に……。

「……あきや……」

……このまま永遠に、君を失うことになるのか……？

「……雅樹」

……ああ、晶也の声が聞こえるような気がする……。

「僕を、誰かと間違えましたね？」

後ろから聞こえた甘い声に、俺は一瞬その場に固まり、ゆっくりと振り向き……。

そこには、綺麗な琥珀色の瞳をきらめかせた、栗色の髪の、愛《いと》しい愛しい……、

「……あきや……」

俺が呆然とかすれた声で言うと、晶也はその乳白色の頬を照れたようにふわりと桜色に染める。

「ターミナルを全力で走るあなたは、ものすごく目立ってました。そのうえ僕の名前を大声で叫ぶし」

「……晶也、飛行機は……アラン・ラウという人物は……」

「アランさんは、さっきのロス行きに乗りました。でも僕は、その飛行機には乗りませんで

した」

足元に荷物を置き、きちんとスーツを着た晶也は、俺をまっすぐに見上げて静かな声で、

「アランさんはいい人で、R&Y社は一流の会社で、給料も待遇《たいぐう》もとてもよくしてくれそうでした。一度は海外に住んで勉強してみたいって思ってたし、ロス行きは僕にとってすごく魅力的で……」

晶也のまつげの長い目に、涙が揺れながら盛り上がる。

「ガヴァエッリは僕を必要としてないみたいで、しかもあなたには柏原くんって恋人がいて……だから……」

晶也の滑らかな白い頬を、涙がきらめきながら流れ落ちる。

「迷うことなんかない、なにもかも捨ててロスに行こう、そう思いました。でも僕、あきらめられませんでした。……あなたを……愛しているんです」

あまりの愛しさに、心が甘く痛む。

……晶也は、俺を選んでくれた……。

「……柏原とのことは、君の誤解だ。仕事のことも、もうなんの問題もない。今まで通りだ。今まで通り、一緒にいよう。……愛してる、晶也、愛してる」

俺は、泣いている彼を引き寄せ、珊瑚《さんご》色の唇にそっと口づける。

「ああー……ゴホン！」

ラヴシーンを邪魔するような、無粋《ぶすい》な咳払《せきばら》いが聞こえる。むっとして顔を上げた俺の目に……、

「……お父さん……」

「ええッ？」

晶也が飛び上がるようにして、俺の腕の中から逃れる。

「ここに来れば会えるかと思ったんだが……まさか息子のこんな場面を目撃してしまうとは……」

きっちりとスーツを着た父親は、照れたように赤くなりながら言う。

俺は、彼の足元に置かれたスーツケースを見て、少し驚いて、

「お父さん。日本での仕事は終わったんですか？」

「ああ……というより、仕事はついでにこなしただけだ。本当の用事はほかにあったんだよ」

「本当の用事？」

俺が聞くと、彼はスーツの内ポケットから封筒を二通とりだす。高級な感じのそれは……。

「六月にローマで行われる、わたしとしのぶの結婚式の招待状だ。一通は雅樹に、そして……」

一通を差し出された晶也は、驚いたように封筒を見、それから呆然と父親の顔を見上げる。

「しのぶから預かってきていたんだ。『彼を気に入ったら渡して』と言われていた。まさか相手が雅樹の恋人とは思わなかったけれどね。君がイヤな子だったら、渡さずに帰るつもりだった」

晶也はその封筒を受け取りながら、呆然とした声で、

「これ……いただいて……いいんですか？」

「ああ。君のことを気に入った。おまぬけなところも、顔に似合わず芯《しん》の強いところも。……結婚式は六月だ。よかったら、休暇を取ってイタリアに来てくれ。歓迎するよ」

父親は、とても優しい笑いを浮かべて、晶也を見つめる。それから、ふと思い出したように、

「ああ、そう、忘れるところだった」

ポケットから、鍵の束と地図の描かれたメモを出し、封筒と一緒に俺の手に渡す。

「東伊豆《ひがしいず》の土地、覚えているか？　前に、おまえに見てきてもらっただろう？」

「ああ……はい、覚えていますが？」

「あそこに家を建てた。これはそこの鍵だ。ちょうど今、桜が満開だろう」

俺は、少し呆然としながらそれを受け取って、

「……もしかして、招待状と、それからこれを渡すために、日本に……？」

「ああ。桜が全部散ってしまわないうちに、おまえに渡さなければ、と思ってね」

彼はあっさりと言って、トランクを持ち上げる。微笑みながら晶也の髪をクシャッと撫でて、

「雅樹にイジメられたら、イタリアに電話してきなさい。すぐに助けに来てあげるよ」

父親は、俺には黙って少し手を振っただけで、出国手続きへのエスカレーターに向かう。

「お父さん」

俺が呼ぶと、彼はいつものような無表情で振り返る。

「ありがとうございました。また六月に。……しのぶさんによろしく」

父親は優しい目で俺を見てから、にやりと笑うと、

「おまえの取り乱した姿なんか、初めて見た。……篠原くんはたいした子だな」

下りのエスカレーターに乗ってそのまま消える彼の後ろ姿を見ながら、俺は思っていた。

……やはり俺は、黒川圭吾には……かなわないかもしれない……。

「あきやーっ！」

叫ぶ声がして、制服姿の慎也氏と、俺の分と自分の分の荷物を抱えたアントニオが走ってくる。

「あれは兄さんの早とちりだったんだよ！　よかった、飛行機には乗らなかったのか！」

息を切らしながら言う慎也氏に、晶也が、

「……うん。ごめんね、兄さん。僕、やっぱり日本にいるよ」

「そうか。……アランには、少し気の毒なことをしたけれどね」

晶也は、なんとなく気が咎《とが》めるような顔をする。それから晴れ晴れと笑うと、ノンキな声で、

「うん。でも、もっといい人が見つかると思うんだ。そういえばアランさん、『君のことが好きだ』とか『養子に来ないか』とかも言ってた……冗談だと思うけど」

「なにいっ？　彼には、そういう趣味があったのか？　危なかった！」

慎也氏が、叫んでいる。俺も少し青ざめながら、思っていた。

……ボーッとした晶也を、もう少しで本当にさらわれるところだったのか……危なかった……。

「これで、やっと一件落着か！　まったく！　忙しいわたしにあんまり心配をかけるんじゃない！」

アントニオが、深いため息をついて言う。その言葉に、晶也が苦しげにうつむいて、

「すみませんでした、ガヴァエッリ・チーフ。だけど、僕の商品が……それに、これからも……」

「心配するな。晶也のデザインは作り直してちゃんと製品化するし、雑誌とのタイアップ企画も趣向を変えて続行することになった。日本支社には新しくイタリアから腕のいい職人がくる」

驚いたように顔を上げる晶也に、アントニオは笑いかけ、

「これはマサキの功績だな。君のためにずっと前から頑張っていたから。……というわけでマサキ、土曜日だが会社に行くぞ。出張で遅れた分、これからたっぷり仕事をしてもらって……」

「晶也。火曜日まで、休みを取ったのか？」

俺は、アントニオの言葉をさえぎって聞く。うなずく晶也の荷物を持ち上げて、

「よし、二人だけでお花見だ。……というわけで、火曜日まで休みを取ります！　よろしく！」

俺は、呆然としているアントニオと慎也氏に背を向け、晶也の手を取る。

楽しそうに笑いだした晶也の手を引いて、そのままエアポートターミナルを駆け抜ける。

AKIYA・8

「すっごーい！」

僕は、思わず叫ぶ。

僕と雅樹は、空港からマスタングに乗り込み、そのまま真っ直《す》ぐに伊豆まで車を飛ばして来た。

彼の車の助手席のシートは、僕が降りた時のまま、ほかの誰も乗せていない証拠に少しも動かされていなくて……僕はなんだか、少し泣けてしまった。

一流建築家の圭吾さんが建てた黒川家の別荘は、すごく格好よくて立派な建物だった。

だけど、僕が本当驚いてしまったのは、その庭だった。

夜露《よつゆ》を光らせる広い芝生、そして、そこに植えられた、何本もの大きな桜の樹。

この辺は、東京よりも気温が高いんだろう。桜は、満開をもう少し過ぎたところ……ピンク色の花を枝いっぱいに咲かせ、そして花びらを風に舞わせ始める、一番美しい姿を見せていた。

僕らはきゅうくつな革靴を脱ぎ、ついでに靴下も脱ぎ捨てて、裸足《はだし》で芝生の上を歩いた。雅樹が車の中から持ってきた毛布を、芝生の上に敷く。別荘のキッチンから運んだグラスを二つ並べる。途中のレストランで買って、クーラーボックスで冷やしておいたシャンパンを開ける。

「……乾杯は……なにに？」

言った雅樹の顔は、笑ってはいなかった。真摯《しんし》なまなざし、恋してる男の少し苦しげな表情。

僕は、鼓動が速くなるのを感じながら、少し考えて、

「色々なことに迷ってしまったけれど、また巡《めぐ》り合えた……二人の運命に」

雅樹は、その美しい眉間にタテジワを寄せて、

「そんなに迷った？　俺が選ばれたのはただの偶然？　アランさんって人は、そんなに魅力的？」

「魅力的でした！　ハンサムで、長くて綺麗な指をしてて、声が優しくて！　……でも……」

僕は笑いながら言って、少年ぽい拗《す》ねたような顔になってしまった雅樹に、そっとキスをする。

「この世の中の誰も、あなたにはかないません。……愛してます、雅樹」

雅樹はその黒い瞳にセクシーな翳を走らせ、それから僕の指からグラスを取り上げる。

「愛してるよ、晶也。……乾杯はあとにして、今は別のことをしよう」

「……え？　待って！　こんなところで……？　誰かに見られたら……！」

毛布の上に押し倒されて、僕は慌てて叫ぶ。雅樹は、クスリと笑って僕の首筋にキスをすると、

「私有地だし、こんな山の中だ。半径一キロ圏内には誰もいないよ。……声を出しても大丈夫」

「……ああ……！」

外でなんか冗談じゃない！　と思ったけど、僕は我慢できずに、甘い声を上げてしまった。

「……んん……雅樹……！」

濡れそぼり、尖ってしまっている胸の飾りを、それでも彼は許さずに、繰り返し舌で舐《な》め上げてくる。

「……いや……あっ……！」

もう片方の飾りを指先できゅっと摘み上げられ、僕の腰がピクンと浮いてしまう。

雅樹からもらう快感を、繰り返し教え込まれた僕の身体。

彼の指、その声、触れる肌の感触、なにもかもが、僕の体温をぐんぐん上げていく。

……どうして僕がアランさんにドキドキしたか、今なら解る……。

……僕はきっと、雅樹のなにかを、彼に重ねていただけなんだ……。

熱くなる身体に朦朧《もうろう》としてしまいながら、僕は思っていた。

……やっぱり僕には、雅樹しかいない。なにも迷うことはないんだ……。

雅樹の見た目より柔らかい唇が、はだけたワイシャツの隙間をたどって、僕の身体を下りていく。

彼は、いつのまにか僕のベルトを外し、僕のスラックスのボタンを開けていた。

キスをするように顔を埋めた彼の歯が、ふとファスナーの金具を噛む。

そのまま、チチ、とジラすような音をたてて、ゆっくりとファスナーが下ろされてしまう。

その先のことが頭をよぎって、僕の心臓が跳ね上がる。

「……いやっ……あっ……恥ずかしいから……！」

真っ赤になって抵抗する僕を、身を起こした雅樹がセクシーな目で見下ろして、

「……ん？　恥ずかしい……？」

「恥ずかしいですっ！　だから……」

「わかった。……それじゃ、目を閉じて」

なんだろう？　と思いながら僕は言われたとおりに目を閉じる。彼が身を動かし、手を伸ばして、なにかを取った気配。囁きが、

「……口を開いて。恥ずかしくなる、おクスリだよ」

彼の唇が、そっと重なってくる。

冷たくて香りのいい、刺激のある液体が、僕の口にそっと流し込まれる。……シャンパンだ……。

僕は驚き、でもなんだかすごくエッチな気持ちになってしまいながら、コクンと飲み干す。

何度も口移しをされ、受けとめきれなかった液体が、僕の口の端からツツ、と流れる。

雅樹は、あたたかい舌でそれを受け止め、僕の唇についた雫《しずく》までも舐めとってくれる。

「……美味しい？」

囁かれ、身体が熱くなる。僕は、恥ずかしさに彼の顔から目をそらしながら、

「……なんだか、もう酔《よ》っ払《ぱら》っちゃったみたい……」

「それはよかった」

彼が笑いながら言って、いきなり身体を下にずらす。僕はものすごく焦りながら、

「あっ、雅樹、なに？」

「……さっきの続き」

下腹部を包んでいた布地が、彼の両手で、そっと、でもきっぱりと引き下ろされる。

「……あっ、雅樹……！」

涼しい外気を感じて、思わず叫んでしまう。僕は彼の髪に指を埋め、押しのけようとしながら、

「……だめ……ああっ……！」

快楽の予感に身を捩《よじ》らせて逃げようとする僕を、雅樹の腕はそっと、でもしっかりと捕まえる。

彼の美しい指が、硬く勃《た》ち上がってしまった僕の中心を、大切なもののようにそっと包む。

「……んんっ……！」

先端に熱い吐息がかかるのを感じて、僕はもう、目を閉じて喘《あえ》ぐことしかできない。

「いや……ああ……ん……」

敏感な場所に、何度も何度もキスをされ、自分が震えるお菓子になったような気がする。

愛しげに滑る彼の舌と唇で、喘がされながら、このまま甘く、あたたかく、熔けてしまいそう。

「……雅樹、まさき……だめ……！」

切羽《せっぱ》つまった声を上げてしまった僕を、それでも彼は許すことなく、容赦なく責めてくる。

「あ……ああ、んっ！」

強い電流が身体を駆け抜け、彼の唇に包まれたまま、僕は激しく放ってしまう。

雅樹は、僕の蜜《みつ》を舌で受け止め、飲み干し、最後の雫まで舐めとってくれる。それから、

「……我慢できない。君が欲しい」

囁いて身を起こし、余韻にまだ震えている僕を、しっかりと抱きとめる。

「あ……雅樹……」

「……愛してるよ、晶也……」

そっと口づけられて、もう何も解らなくなる。

彼はその長い指を僕の内部に深々と差し入れ、刺激し、柔らかくほぐす。不思議な熱を宿した、とても美しい彼の指。僕は、その熱でトロトロと甘く熔けだしてしまう。

「……ああ……きて……おねがい……きて……」

息だけで囁くと、逞しい彼がグッと押し当てられる。身をこわばらせた僕に、

「……忘れないで。……君のためならなんでもしてあげるよ……俺は、君だけのものだ」

低くて、優しくて、そしてとてもセクシーな声で囁かれ、僕の身体から力が抜ける。

一瞬の隙をついて押し入ってくる彼を、僕は目を閉じ、喘ぎながら受け入れる。

首筋に感じる、彼からもらったチェーンの感触。そして胸の上に感じる、約束のリング。

「……雅樹……僕も、あなただけのものです……」

「……愛してるよ、晶也……」

彼は僕を抱きしめ、ゆっくりと動き始める。最初は優しく、それから徐々に獰猛《どうもう》になって……。

僕はのけぞり、彼の肩にすがりつきながら、驚くほどの快感に落ちていく。

「……あっ……ああっ……雅樹っ……」

呼吸を乱しながら身体を震わせる僕の唇に、羽のように軽い何かが、ふわりと舞い下りてくる。

目を開けると、都会とは違う濃紺の夜空。本当に久しぶりに見た気がする、美しくきらめく天の川。

金色の満月。あたたかい春の夜風が枝を揺らしている。こぼれそうなほどに咲き誇る桜の花。

重なり合った僕らの上に、薄紅色の花びらが雪のように降り注いでいた。

激しくなる彼の動き、高まる快感に、その夢のような景色がふっとかすむ。

「あ、あああ……んっ！」

花びらの降りしきる中で、僕らは抱き合い、確かめ合い、震えながら高みに駆け上った。


東京に戻り、出社した僕を迎えてくれたのは、デザイナー室のメンバーの心配そうな顔だった。

悠太郎は「ロスってなに？　R&Y社がどうした？」とまだ騒いでいたし、皆は僕が落ち込んで出社拒否になったと思ってたみたい。僕の元気な様子を見て、全員が安心した顔をしてくれた。

会議で僕を個人攻撃した営業企画室のメンバーも、商品の出来が悪いのに知らないふりで量産に流しちゃった製作課の子たちも、三々五々僕の様子を見に来て、こっそり謝ってくれたりした。

皆、ホントにいい人たちだな、ずっと一緒にいたいな、と思って、僕は少し泣けてしまった。

最後に来たのは、柏原くんだった。僕を喫煙室に呼び出し、泣きながら謝ってくれた。カマをかけたら僕が引っかかって、いきなりカミングアウトされて……だいぶショックだったらしい。

「二人の傍にいるのはやっぱ辛いので、僕、イタリア本社の原石調達部に異動願いをだしました」

彼は言った。原石調達部っていうのは、世界中を飛び回って宝石の仕入れをする部署。語学が堪能な彼には、けっこう向いてるかもしれないけど……すごく思い切った決断だ。

「僕、雅樹さんのことあきらめて、自分の運命の人を探します。でも……」

泣きながら、柏原くんは、ふいに小悪魔みたいないたずらっぽい笑みを浮かべて、

「……日本にきた時、二人が喧嘩なんかしてたら、また遠慮なくセマらせてもらいますから！」

あの騒ぎから、一ヶ月が過ぎた。

「幸せって、こんな気持ちのことを言うんだろうな」

パジャマでベッドに転がったまま、僕はうっとりと呟く。

僕がいるのは、彼の部屋のロフトにある、キングサイズのベッド。

あの時、一つ間違っていたら、僕は日本を去り、雅樹を本当に失ってしまったかもしれない。

一度失いかけた幸せな気持ちは、前よりももっと価値あるものになって、僕の心をあたためる。

「……あ……と！　そうだ！」

僕はベッドサイドに置いてあった自分の鞄《かばん》を開け、中から雑誌を一冊取り出す。

まだ発売にはなっていないけれど、営業企画室の子が持ってきてくれたんだ。

雑誌の企画は形を変え、あれから一月後の号に作り直した僕の商品を載せるってことで落ち着いた。新しい職人さんが作ってくれたサンプルは申し分のない出来で……写真撮影が待ち遠しい。

だけどモンダイは、穴の空いた、決まっていた分の特集ページで……柏原くんは、日本を去る前にある企画をたて、雑誌社のＯＫをもらって、それを置き土産にして去っていった。

「ええと……あッ！　これだ！」

ページをめくっていた僕は、声を上げた。

そこには『憧れのハイジュエリー』っていうタイトルがあって、ガヴァエッリの会社紹介が小さく載っている。そして、間に合わなかったガヴァエッツリ・ジャパンの新作商品の代わりに……。

「……すっごく格好いい……！」

そこには『ハイジュエリー担当のジュエリーデザイナーにインタビュー』ってタイトルがあって、商品に関するインタビュー記事が載ってて、それに……、

「……雅樹って……写真になってても、やっぱりものすごいハンサムだな……！」

担当編集さんの趣味なのか、インタビュー記事にしては妙に大きい雅樹の写真が載ってる。彫りの深い端整な顔だち、黒曜石《こくようせき》みたいに光る精悍《せいかん》な目。カメラに興味なさそうにしてるところが、なんだかクールで、とってもセクシー。まるで現役モデルのグラビアみたい。だけど、僕だけは知っている。彼の写真の唇の辺りが……、

「フツーに見たらわかんないけど、よく見ると、やっぱりちょっとまだ青いよねー」

雅樹は、あの時、実は飛行機の中で兄さんに殴られてたんだ。東京までの間冷やしてたみたいでその日は腫《は》れてなかったし、彼は僕には秘密にして、キスはするわ、アンナコトはするわ……。

でも次の日の朝、鏡を見たら、雅樹の口の脇あたりが喧嘩したみたいなあざになっちゃっ

てて……雅樹は抵抗したけど、僕は彼の顔に『お子様用・お熱ひんやりシート』を貼《は》ってあげた。

……そのあとは、押し倒されても、つい可笑しくて笑っちゃってたんだよね。

「どうした、晶也？ 思い出し笑いなんかして！ そんなに面白い記事？」

ホットレモネードを持ってパンチングメタルの階段を上ってきた雅樹が、僕に言う。僕は、

「面白いですよ！ ほら！ あなたのインタビュー記事です！ 写真もすっごくハンサムだし……」

「写真なんかを見ないで。本物がここにいるだろう？ ベッドの上では俺だけを見ること！」

グラスを置いた雅樹が、雑誌をパタンと閉じてしまう。そのままサイドテーブルにどけて、

「ベッドの上……いや、どこででも……迷わないで、目をそらさないで、俺だけを見て欲しい」

唇が触れそうなほど顔を近付けられ、黒曜石のような瞳で見つめられて、鼓動が速くなる。

「父親は君を気に入ってしょっちゅう電話をしてくるし、慎也さんは『やっぱり寂しいからロスに来ないか』とか言っているようだし、アランっていう人もまだ諦《あきら》めていないようなんだろう？ 君の周りは、まだまだ賑《にぎ》やかそうだな。でも……」

僕の、格好よくて、優しくて、とってもやきもちやきの恋人は、そう言って、僕が何もか

も忘れてしまうような甘い甘いキスをする。

そして今夜も僕だけを見つめ、セクシーな声で囁く。

「……でも、何があろうと、君は俺だけのものだよ、篠原くん！」

Like a Cherry Blossom

「あ……いい香り」

玄関を入った晶也が、呟いて俺を見上げてくる。

「桜……ですか？」

「よくわかったね。入って」

俺は言い、先に靴を脱いで廊下に上がる。

「はい、お邪魔します」

靴を脱いだ晶也を、俺はそのまま腕に抱き上げる。

「……あっ」

晶也は小さく声を上げ、そのミルク色の頬をフワリと染める。

「お、下ろしてください。自分で歩けますから」

俺の肩に両手を置きながら、とても照れた声で言う。

「〆切が重なっていて、この一週間、ほとんど寝ていないだろう？　さらに今日は土曜日だというのに悠太郎達と一緒に休日出勤。……仕事は無事に終わった？」

彼のしなやかな身体を腕に抱いたまま、俺は廊下を歩く。

「はい、なんとか無事に終わりました」

晶也は嬉しそうにうなずき、それから申し訳なさそうな顔になる。

「今日、本当なら二人で八重桜のお花見に行くはずだったのに。すみません」

「いいよ。疲れているんだろう？　貧血を起して途中で転んだりしたら大変だ」

俺が言うと、晶也はふわりと頬を染める。

「そんなに甘やかされたら……」

俺の首にそっと手を回し、恥ずかしそうに囁いてくる。

「……なんだか、ダメになってしまいそうです」

「ダメになってもいいよ」

俺は口を近づけ、形のいい耳にそっと囁きを吹き込んでやる。

「そうなったら、君をこの部屋に大切に閉じ込めて、ほかの誰の目にも触れないようにできる。大切な宝石みたいに」

「……あ……」

彼は息を呑み、それから泣きそうな顔で目を伏せる。

「……そんなことを言われたら、本当にダメになりそうです……」

彼の可愛らしさに俺は思わず笑ってしまう。それから、

「ドアを開けて。どうして桜の香りがするのかわかるよ」

彼は不思議そうな顔で俺の首から手を離し、リビングに続くドアを開いて……。

「……わあ、すごい！」

部屋の中を見回しながら陶然とした声で言う。

「……なんて綺麗！」

明かりを落としたリビング。薄暗い間接照明にライトアップされているのは、床に置かれた二つの大きな鉄製の花器。そこに生けてあるのは、八重桜を満開にした大振りの枝だ。桜の下にはいくつものクッションと酒器。晶也との二度目の花見だ。

「華道家の友人に頼まれて、アトリエで鉄製の花器を作っていると言っただろう？」

俺は晶也を大理石の床の上にそっと下ろしながら言う。晶也は花器に近づき、その美しい指で八重桜の花びらにそっと触れながら答える。

「はい。その方の華道展で使われたんですよね？　これがその作品ですか？」

「ああ。花器はそのまま友人が所有するはずだったのだが、一晩だけ返してもらった。出来上がってすぐに搬入してしまったし、忙しくて華道展に行く時間も取れなかった。君に見せている暇がなかったからね」

晶也は身をかがめて、花器をじっくりと眺める。

「シンプルだけどどこか野性的で……あなたの作品という感じです。すごく格好いい」

美的センスの優れた晶也が言ってくれたその言葉が、俺にはとても嬉しい。

「華道展でもなかなか好評だったようだ。そのお礼に、と友人が来て、この桜を活けていってくれた。『仕事が忙しそうだからたまには花でも見たほうがいい』と言って」

俺は思わず微笑んでしまいながら、

「せっかくだから『今年の春は恋人と桜の下で熱い時間を過ごしていた』ということは言わないでおいたよ」

「……あ……」

晶也はその時のことを思い出したように、その滑らかな頬をフワリと染める。

「黒川チーフってば。そのせいで、僕、桜の香りだけで……」

晶也は言いかけ、恥ずかしそうな顔で言葉を切る。

「桜の香りだけで、何？」

俺が言うと、晶也は俯き、蚊の鳴くような声で答える。

「……桜の香りを感じるだけで、なんだかイケナイ気持ちになってしまいます……」

「晶也」

俺はたまらなくなって彼のしなやかな身体をそっと抱き締める。

「そんな可愛いことを言われたら、俺もおかしくなりそうだ」

「……あ……」

耳元で囁くと、晶也は感じてしまったかのようにピクリと身を震わせる。それから照れたような声で、

「も、もしかして、桜だけじゃなくてお花見の宴会の準備をしてくださったんですか？」

言いながら、スルリと俺の腕から滑り出る。

「わあ、これ、日本酒ですか？」

桜の下に置いたクッションにストンと座り、朱塗りの卓の上に並べた酒器を眺めている。

俺は逃げられてしまったことにため息をつき、それから彼の隣に腰を下ろす。

「そう。君とゆっくり飲もうと思って蔵元から取り寄せた。猪口《ちょこ》を持って」

言うと、彼は小さな猪口を一つ指先で摘み上げる。俺は徳利を持ち上げ、自分と彼の猪口に日本酒を注ぐ。

「わあ、桜の花びらが入ってる」

猪口を覗いた晶也が、嬉しそうに言う。

俺は自分の猪口にも酒を注ぎ、それを持ち上げる。

「すごく綺麗です」

「乾杯をしよう。……何に？」

晶也は顔を上げ、頭の上を覆う八重桜の花にうっとりと見とれる。

「二人に。それからとても美しい日本の春に」

俺と晶也は猪口を上げ、乾杯をする。

「日本の春は本当に美しいな。来年も、再来年も……こうして二人で桜を見よう」

俺は言いながら杯を空け……晶也がどこかつらそうな顔で動きを止めたことに気づく。

「どうかした？」

俺が言うと、晶也はハッとしたように顔を上げる。

「あ、すみません。……そうですね」

唇の端に微かな笑みを浮かべ、美しい両手で杯を支えて日本酒を飲み干す。それから小さくため息をついて、手の中の猪口を見下ろす。

「……来年もまた、二人で桜を見られるといいな……」

呟いた言葉の語尾が、微かに震えている。

「晶也？」

俺は朱塗りの卓の上に猪口を置き、晶也の顔を覗き込む。

「どうかした？」

「いえ、すみません」

晶也は言い、どこか儚げな笑みを浮かべる。

「あなたのこと、僕は不思議なほど愛しています。でも……僕達は許されない関係です」

長いまつげが、今にも泣き出しそうに震える。

「何か決定的なことが起きて、あなたと離れ離れになってしまったらどうしよう……たまにそんな風に考えてしまって……」

晶也はクスンと笑って俺を見上げてくる。

「すみません。あなたはいつも優しい言葉で、『いつまでも一緒にいよう』って言ってくれているのに……僕は弱い人間ですね」

俺は手を伸ばし、彼の頬を手のひらで包み込む。

「君は、もともとストレートだった。誰もが祝福してくれる道を、真っ直ぐに歩いていくはずだったんだ。……後悔している？」

言うと、彼は迷いのない顔でかぶりを振る。

「まさか。僕が愛するのは、今も、これからも……あなた一人です」

「それなら話は簡単だ」

俺は、彼の美しい顔を真っ直ぐに見つめて言う。

「二人を引き裂くものなど何もない。俺達が離れることなどありえない」

晶也はうなずくが、どこか少し不安そうだ。俺は、

「俺の父親、柏原、アラン・ラウ。……二人の仲を邪魔しそうなたくさんの人間が現れて、少し混乱して、それで不安になった？」

言うと晶也は少し考え、それから苦笑する。

「そう、みたいです」

「これからも、二人にはいろいろな障害が待ち受けているかもしれない。でも……」

俺は、彼の目の奥を見つめながら囁く。

「二人の気持ちが変わらない限り、どんなものも二人を邪魔することなどできない」

晶也は俺を見つめ、それから誓うような静かな声で言う。

「僕の気持ちは変わりません。絶対に」

「俺の気持ちも変わらない。永遠に」

親指で、彼の柔らかな唇の形をそっと辿る。

「だから俺達はずっと一緒で、毎年二人で桜を見る。来年も、再来年も、その先もずっと。……いい？」

晶也の最上級の琥珀のような美しい瞳が、フワリと潤む。

「……はい」

彼の唇から甘い承諾の言葉が漏れ、俺の心の中に不思議なほどの喜びが広がる。

「愛している、晶也」

心を込めて囁くと、彼の目元がふわりと染まる。

「愛しています、雅樹」

囁いてくれる彼の唇は、まるで咲きかけた桜の蕾のように淡く美しい色。

俺は彼に顔を近づけ、その唇にそっとくちづける。

「……ん……」

重なる唇から漏れるのは、甘い甘い呻き。

俺は腕を伸ばして彼を引き寄せ、そのままクッションの上に押し倒す。

「……雅樹……」

彼の恥ずかしげな囁きが、俺のなけなしの理性を吹き飛ばす。俺は彼のネクタイを解き、ワイシャツのボタンを次々に外していく。

「……あ……ダメ……」

俺は彼の力ない抵抗を封じ、ワイシャツの布地を左右に分ける。露わになる滑らかな真珠色の肌、感じてしまったかのように尖る小さな乳首。

「もう尖っている。桜の香りにそんなに感じた？」

身をかがめてその先にそっとキスをすると、彼はとても悩ましく身をよじらせる。

「……あ、んん……っ」

フワリと鼻腔をくすぐる桜の香りに、自分もとても発情していることを知る。

「今すぐに抱きたい。……いい？」

「……はい。僕も、今すぐ抱かれたいです……」

甘く囁いてくれるその蕾のような桜色の唇に、俺は何もかも忘れて深いキスをする。

ああ……俺の恋人は、優しく、麗しく、そして本当に色っぽい。

あとがき

こんにちは、水上ルイです。この『迷えるジュエリーデザイナー』はジュエリーデザイナーシリーズ第四弾（あ、読みきりですのでこの本から読んでも大丈夫！）。リーフさん倒産とともに中断、絶版となっていましたが、ルチル文庫さんより復刊、続投が決定しました。彼らのお話をまた続けられることが、本当に嬉しいです。既刊の出しなおしが完了するまでには時間がかかりますが、シリーズ新作の予定ももちろんあり、そちらは既刊とは別のペースでの発刊を予定しております。シリーズ第一部は吹山りこ先生、第二部から円陣闇丸先生にイラストをお願いしています。ノンビリペースだとは思いますが、頑張りますのでこれからもよろしくお願いできれば嬉しいです。

今回も、文庫のために黒川と晶也の甘々ショートを書き下ろしてみました。こちらもお楽しみいただけると嬉しいです。

大変お世話になった幻冬舎コミックスの皆様、前担当・O本様、新担当・S本様。そしてこの本のために素敵なイラストを書き下ろしてくださった吹山りこ先生。そしてたくさんのリクエストをくださった読者の皆様、本当にありがとうございました！

二〇〇九年　春　　水上ルイ

✦初出　迷えるジュエリーデザイナー……リーフノベルズ「迷えるジュエリーデザイナー」（1998年9月刊）
Like a Cherry Blossom………書き下ろし

水上ルイ先生、吹山りこ先生へのお便り、本作品に関するご意見、ご感想などは
〒151-0051 東京都渋谷区千駄ヶ谷4-9-7
幻冬舎コミックス　ルチル文庫「迷えるジュエリーデザイナー」係まで。

幻冬舎ルチル文庫
迷えるジュエリーデザイナー

2009年4月20日　第1刷発行

✦著者	水上ルイ　みなかみ るい
✦発行人	伊藤嘉彦
✦発行元	株式会社 幻冬舎コミックス 〒151-0051 東京都渋谷区千駄ヶ谷4-9-7 電話 03(5411)6432［編集］
✦発売元	株式会社 幻冬舎 〒151-0051 東京都渋谷区千駄ヶ谷4-9-7 電話 03(5411)6222［営業］ 振替 00120-8-767643
✦印刷・製本所	中央精版印刷株式会社

✦検印廃止

ISBN978-4-344-81634-3　C0193　Printed in Japan